أَلْعَرَبِيَّةُ بِالرَّادِيُو

أَلْجُزْءُ الثَّانِى

空中阿拉伯語

第二冊

目錄

為方便您在同一跨頁中可同時對照中文及阿拉伯文,並顧及方便您對照有聲教學中老師以絕版書之頁碼授課,因此本書的頁碼完全以「有聲教學對照頁碼」標注。

前言			iv
作者簡介			vi
第一課	問候	اَلتَّحِيَّةُ	5
第二課	在教室	فِي غُرْفَةِ التَّدْرِيسِ	25
第三課	指示(陽性)	اَلْإِشَارَةُ (اَلْمُذَكَّرُ)	45
第四課	指示(陰性)	اَلْإِشَارَةُ (اَلْمُؤَنَّثُ)	61
第五課	問人	اَلسُّؤَالُ عَنِ الشَّخْصِ	81
第六課	星期	أَيَّامُ الْأُسْبُوعِ	99
第七課	月份	اَلْأَشْهُرُ فِي السَّنَةِ	125
第八課	數字	اَلْعَدَدُ	147
第九課	時間	الْأَوْقَاتُ	167
第十課	日期	اَلتَّارِيخُ	191
第十一課	你要什麼	مَاذَا تُرِيدُ .	225
第十二課	你會說阿拉伯話嗎	هَلْ تَتَكَلَّمُ اللُّغَةَ الْعَرَبِيَّةَ	251

前言

阿拉伯語文是阿拉伯國家使用的語文。阿拉伯國家目前共有二十二個，分佈在亞洲與非洲地區。亞洲的阿拉伯國家有十二個：沙烏地阿拉伯、約旦、科威特、伊拉克、敍利亞、黎巴嫩、巴勒斯坦、巴林、阿曼、卡達、阿拉伯聯合大公國、葉門。非洲的阿拉伯國家有十個：埃及、利比亞、突尼西亞、摩洛哥、阿爾及利亞、茅利塔尼亞、索馬力亞、蘇丹、吉浦地、葛摩。除此之外，分佈在世界各地的回教徒，在做宗教儀式的時候，也使用阿拉伯語文。一九七四年起，聯合國更把阿拉伯語文列為聯合國大會正式使用的語文。由此可見，阿拉伯語文是世界上重要且使用廣泛的語文。

由於阿拉伯國家分佈很廣，因此，每個國家幾乎都有自己的方言，但是，這些國家有一種共通的語文，使用於各種正式場合、報章、雜誌、書寫、廣播與電視，那就是標準阿拉伯語文。

我們學習阿拉伯語文，就是要學一種二十二個阿拉伯國家都通用的語文，因此，我們在「空中阿拉伯語」各個講次中，注重標準阿拉伯語文的講授。

空中阿拉伯語第二冊，與空中阿拉伯語第一冊，是相互連貫的教材，每一課課文都有十五個句子，課文之後為問題與回答，然後是句型練習，之後是主題會話，然後是一篇短文讓學習者閱讀與理解，最後是單字解釋。每一課課文都有中文對照翻譯，供初學者參考。每一課，都盡量重複前面所學過的字彙與句型，以便學習者能熟記單字與句型，進而熟能生巧，運用自如。

　　本書並有作者於教育電臺播音，可供聆聽學習，更具成效。

利傳田

國立政治大學阿拉伯語文學系系主任

中華民國九十七年九月

P. S.　教育電臺台北台AM1494每週一~五21:00-21:30重複播課！
　　　並有有聲資料庫可下載授課內容。
　　　詳情請上：http://www.ner.gov.tw/

作者簡介

利傳田

　　作者利傳田，民國55年進入國立政治大學東方語文學系阿拉伯語文組修習阿拉伯語文。民國61年獲得約旦政府獎學金，前往約旦安曼師範學院與約旦大學阿拉伯語文研究所深造。民國68年，應聘回國任教於國立政治大學阿拉伯語文學系，先後曾任講師、副教授職務，並在教育電臺主播阿拉伯語教學，

作者簡介

在國防外語學校任教阿拉伯語文課程，民國84年被推選為國立政治大學阿拉伯語文學系系主任。

作者多年教學歷程中，先後在國立政治大學阿拉伯語文學系擔任阿拉伯文學史、阿拉伯文修辭學、大一阿拉伯語會話、大二阿拉伯語會話、大三阿拉伯語會話、大四阿拉伯語會話、大三阿拉伯語實習、大四阿拉伯語實習、大二阿拉伯語、大三阿拉伯語、阿拉伯文打字、新聞阿拉伯語、阿拉伯文作文、阿拉伯文應用文等課程，在教育電臺先後主持初級阿拉伯語、中級阿拉伯語、實用阿拉伯語、標準阿拉伯語、新聞阿拉伯語、精簡阿拉伯語等教學節目，在國防外語學校擔任阿拉伯語會話課程。

الدرس الأول　　التحيّة

١ - أَلسَّلاَمُ عَلَيْكُمْ !

٢ - وَعَلَيْكُمُ السَّلاَمُ !

٣ - مَرْحَبًا !

٤ - أَهْلاً وَسَهْلاً !

٥ - صَبَاحَ الْخَيْرِ !

٦ - صَبَاحَ النُّورِ !

٧ - كَيْفَ حَالُكَ ؟

٨ - بِخَيْرٍ ، أَلْحَمْدُ لِلّـهِ

٩ - مَا اسْمُكَ ؟

١٠ - اِسْمي خَالِدٌ .

١١ - مَسَاءَ الْخَيْرِ !

١٢ - مَسَاءَ النُّورِ !

١٣ - شُكْرًا .

١٤ - عَفْوًا .

١٥ - مَعَ السَّلاَمَةِ .

١٦ - إِلَى اللِّقَاءِ .

第一課　問候

1. 祝您平安。（問候語）
2. 你也平安。（答）
3. 你好，歡迎。
4. 你好，歡迎。（答）
5. 早安。
6. 早安。（答）
7. 你好嗎？
8. 很好，真感謝主。
9. 你叫甚麼名字？
10. 我的名字叫哈立德。
11. 晚安。
12. 晚安。（答）
13. 謝謝。
14. 不謝。
15. 再見。
16. 再見。

الأسئلة والأجوبة

١ – مَرْحَبًا ، كَيْفَ حَالُكَ ؟

بِخَيْرٍ ، شُكْرًا .

٢ – كَيْفَ حَالُكَ الْيَوْمَ ؟ （今天）

بِخَيْرٍ ، شُكْرًا .

٣ – كَيْفَ حَالُكَ ؟

أَلْحَمْدُ لِلّـهِ ، وكَيْفَ حَالُكَ ؟

٤ – مَا اسْمُكَ ؟

اِسْمِي سَامِي . （撒米，男人名）

٥ – صَبَاحَ الْخَيْرِ !

صَبَاحَ النُّورِ !

٦ – اِسْمِي فَرِيدٌ ، هَلِ اسْمُكَ سَامِي ؟ （發利得）（是. . . 嗎）

نَعَمْ ، اِسْمِي سَامِي . （是的）

٧ – مَرْحَبًا ! كَيْفَ حَالُكَ ؟

أَلْحَمْدُ لِلّـهِ ، بِخَيْرٍ .

٨ – أَلسَّلَامُ عَلَيْكُمْ !

وَعَلَيْكُمُ السَّلَامُ !

問與答

1. 哈囉！你好嗎？

    很好，謝謝。

2. 你今天好嗎？

    很好，謝謝。

3. 你好嗎？

    感謝真主，你呢？

4. 請教大名？

    我叫撒米。

5. 早安！

    早安！

6. 我的名字叫發立德，你叫撒米嗎？

    是啊，我的名字叫撒米。

7. 哈囉！你好嗎？

    感謝真主，很好。

8. 祝您平安！

    祝您平安！

009 有聲教學對照頁碼

٩ - مَعَ السَّلامَةِ .

إِلَى اللِّقَاءِ .

١٠ - كَيْفَ السَّيِّدُ خَالِدٌ أَلْيَوْمَ ؟   أَلسَّيِّدُ   （先生）

هُوَ بِخَيْرٍ أَلْيَوْمَ .   هُوَ   （他）

١١ - شُكْراً .

عَفْواً .

١٢ - إِلَى اللِّقَاءِ .

مَعَ السَّلامَةِ .

١٣ - مَسَاءَ الْخَيْرِ !

مَسَاءَ النُّورِ !

١٤ - هَلْ أَنْتَ بِخَيْرٍ الْيَوْمَ ؟ يَا خَالِدُ .

نَعَمْ ، أَنَا بِخَيْرٍ أَلْيَوْمَ ، شُكْراً .

١٥ - وكَيْفَ أَنْتَ ؟ يَا سَامي .

أَنَا بِخَيْرٍ ، أَلْحَمْدُ لِلّٰهِ .

١٦ - أَهْلاً يَا خَالِدُ .

أَهْلاً وَسَهْلاً ، يَا سامي .

١٧ - هَلِ اسْمُكَ سَامي ؟

لاَ ، اِسْمي خَالِدٌ .

9. 再見!

   再見!

10. 哈立德先生今天怎麼樣?

    他今天很好。

11. 謝謝!

    不謝!

12. 再見!

    再見!

13. 晚安!

    晚安!

14. 哈立德,你今天好嗎?

    我今天很好,謝謝你。

15. 撒米,你呢?

    我很好,感謝真主。

16. 哈立德,歡迎!

    撒米,歡迎!

17. 你的名字叫撒米嗎?

    不是,我叫哈立德。

تدريب للبديل

١ - مَرْحَبًا !	يَا فَرِيدُ	.
	يَا سَيِّدُ فَرِيدٍ	
	يَا فَرِيدَةُ	
	يَا سَيِّدَةُ فَرِيدَةَ	

٢ - كَيْفَ حَالُكَ ؟	يَا سامي	.
	يَا سَيِّدُ سامي	

كَيْفَ حَالُكِ ؟	يَا سامية	.
	يَا سَيِّدَةُ سامية	

٣ - أَنَا	بِخَيْرٍ ،	شُكْرًا .
	بِخَيْرٍ ، أَلْحَمْدُ لِلَّهِ ،	
	بِخَيْرٍ ، وَالْحَمْدُ لِلَّهِ ،	
	أَلْحَمْدُ لِلَّهِ ، بِخَيْرٍ ،	

句型練習

1. 哈囉！
   - 法立德。
   - 法立德先生。
   - 法立達。
   - 法立達女士。

2. 你好嗎？
   - 撒米。
   - 撒米先生。

   妳好嗎？
   - 撒米亞。
   - 撒米亞女士。

3. 謝謝，
   - 我很好。
   - 我很好，感謝真主。
   - 感謝真主,很好。
   - 很好，感謝真主。

٤ - اِسْمي | خَالِدٌ | .
| سامي |
| سامِيةُ |
| فَرِيدٌ |
| فَرِيدَةُ |

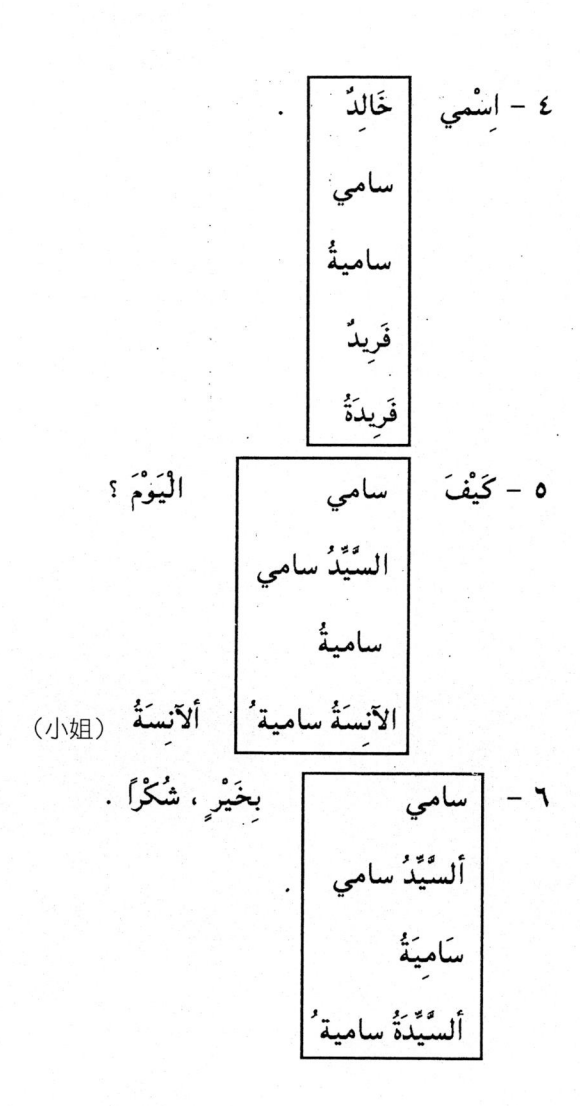

٥ - كَيْفَ | سامي | الْيَوْمَ ؟
| السَّيِّدُ سامي |
| سامِيةُ |
| الآنِسَةُ سامِيةُ | أَلآنِسَةُ （小姐）

٦ - | سامي | بِخَيْرٍ ، شُكْراً .
| أَلسَّيِّدُ سامي | .
| سَامِيَةُ |
| أَلسَّيِّدَةُ سامِيةُ |

4. 我的名字叫 | 哈立德 | 。
　　　　　　| 撒米 |
　　　　　　| 撒米亞 |
　　　　　　| 法立德 |
　　　　　　| 法立達 |

5. 今天 | 撒米 | 怎麼樣？
　　　 | 撒米先生 |
　　　 | 撒米亞 |
　　　 | 撒米亞女士 |

6. 謝謝， | 撒米 | 很好。
　　　　 | 撒米先生 |
　　　　 | 撒米亞 |
　　　　 | 撒米亞女士 |

٧ - صَبَاحَ الْخَيْرِ !

مَساءَ الْخَيْرِ !

يَا سامي .
يَا سَيِّدُ سامي .
يَا فَاتِنُ .
يَا سَيِّدَةُ فَاتِنَ .
يَا آنِسَةُ فاتِنَ .

٨ - صَبَاحَ النُّورِ !

مَساءَ النُّورِ !

يا خَالِدُ .
يا سَيِّدُ خَالِدٍ .
يا سَامِيةُ .
يا سَيِّدَةُ سَامِيَةَ .
يا آنِسَةُ سَامِيَّةَ .

7.
撒米，	早安。
撒米先生，	晚安。
法婷	
法婷女士	
法婷小姐	

8.
哈立德，	早安。
哈立德先生，	晚安。
撒米亞	
撒米亞女士	
撒米亞小姐	

المحادثة

١ - مَرْحَبًا ، يَا خَالِدُ .

صَبَاحَ الْخَيْرِ ، يا سامي .

كَيْفَ حَالُكَ ؟

بِخَيْرٍ ، شُكْرًا .

كَيْفَ فَاتِنُ ؟

هِيَ بِخَيْرٍ أَيْضًا ، شُكْرًا . （也）

إِلَى اللِّقَاء .

مَعَ السَّلامَةِ .

٢ - صَبَاحَ الْخَيْرِ ، يا فَاتِنُ .

صَبَاحَ النُّورِ ، يا سَامِيَةُ .

كَيْفَ حَالُكِ الْيَوْمَ ؟ يا فَاتِنُ .

أَنَا بِخَيْرٍ ، شُكْرًا . وكَيْفَ حَالُكِ ؟

بِخَيْرٍ ، شُكْرًا . كَيْفَ السَّيِّدُ سَامِي ؟

أَلسَّيِّدُ سامى بِخَيْرٍ أَيْضًا ، شُكْرًا .

مَعَ السَّلامَةِ ، يا فَاتِنُ .

إِلَى اللِّقَاءِ .

會話

1. 哈囉！哈立德。
   撒米早安。
   你好嗎？
   很好，謝謝。
   法婷怎麼樣？
   她也很好，謝謝。
   再見！
   再見！

2. 法婷，早安！
   撒米亞，早安！
   法婷，妳今天好嗎？
   我很好，謝謝，妳呢？
   很好，謝謝。撒米先生怎麼樣？
   撒米先生也很好，謝謝。
   法婷，再見！
   再見！

٣ – مَسَاءَ الْخَيْرِ .

مَسَاءَ النُّورِ . أنَا فَرِيدٌ .

أنَا سامي ، كَيْفَ حَالُكَ ؟

أَلْحَمْدُ لِلّٰه ، بِخَيْرٍ وَأَنْتَ ؟ أَنْتَ （你）

بِخَيْرٍ ، شُكْرًا .

إِلَى اللِّقَاءِ . يا سامي .

مَعَ السَّلامَةِ .

٤ – أَلسَّلامُ عَلَيْكُمْ .

وَعَلَيْكُمُ السَّلامُ .

صَبَاحَ الْخَيْرِ ، يا آنِسَةُ سامِيَةَ .

صَبَاحَ النُّورِ ، يا سَيِّدُ فَرِيدٍ .

هَلِ السَّيِّدُ خَالِدٌ بِخَيْرٍ أَلْيَوْمَ ؟

نَعَمْ ، السَّيِّدُ خَالِدٌ بِخَيْرٍ أَلْيَوْمَ ، شُكْرًا .

هَلْ سَامِي وَفَرِيدَةُ بِخَيْرٍ أَيْضًا ؟

نَعَمْ ، سامي وفريدةُ بِخَيْرٍ أَيْضًا .

إِلَى اللِّقَاءِ .

مَعَ السَّلامَةِ .

3. 晚安！

   晚安！我是法立德。

   我是撒米，你好嗎？

   感謝真主，很好。你呢？

   很好，謝謝。

   撒米，再見。

   再見。

4. 妳好！

   你好。

   撒米亞小姐，早安！

   法立德先生，早安！

   哈立德先生今天好嗎？

   謝謝，哈立德先生今天很好。

   撒米跟法立達也都好吧？

   是的，撒米跟法立達也都很好。

   再見！

   再見！

٥ - مَرْحَبًا .
أَهْلاً وَسَهْلاً .
أَنَا خَالِدٌ ، هَلْ أَنْتَ فَرِيدٌ ؟
نَعَمْ ، أَنَا فَرِيدٌ . كَيْفَ أَنْتَ الْيَوْمَ ؟
أَلْحَمْدُ لِلَّهِ ، وَأَنْتَ ؟
بِخَيْرٍ ، وَالْحَمْدُ لِلَّهِ .
هَلْ فَاتِنُ بِخَيْرٍ أَيْضًا ؟
نَعَمْ ، فَاتِنُ بِخَيْرٍ ، أَلْحَمْدُ لِلَّهِ .
مَعَ السَّلَامَةِ .
إِلَى اللِّقَاءِ .

٦ - أَهْلاً يَا خَالِدُ .
أَهْلاً وَسَهْلاً يَا سَامِي .
كَيْفَ أَنْتَ صَبَاحَ الْيَوْمِ ؟
أَلْحَمْدُ لِلَّهِ ، بِخَيْرٍ ، وَأَنْتَ ؟
بِخَيْرٍ ، شُكْرًا .
إِلَى اللِّقَاءِ .
مَعَ السَّلَامَةِ .

5. 歡迎！

    歡迎！

    我是哈立德，你是法立德嗎？

    是得，我是法立德。你今天好嗎？

    感謝真主，你呢？

    很好，感謝真主。

    法婷也好嗎？

    好啊，法婷也很好，感謝真主。

    再見！

    再見！

6. 歡迎，哈立德。

    撒米，歡迎！

    你今天早上好嗎？

    感謝真主，很好，你呢？

    很好，謝謝。

    再見。

    再見。

單字解釋

أَلْمُفْرَدَاتُ

平安	أَلسَّلَامُ	平安	أَلسَّلَامَةُ
與您同在	عَلَيْكُمْ	見面	أَللِّقَاءُ
連接詞，和	وَ	你	أَنْتَ
問候語，你好	مَرْحَبًا	也	أَيْضًا
歡迎	أَهْلًا وَسَهْلًا	是的	نَعَمْ
早晨	صَبَاحٌ	呼喚詞	يَا
好的	أَلْخَيْرُ	男人名	سَامِي
光	أَلنُّورُ	感謝真主	أَلْحَمْدُ لِلّٰهِ
下午，晚上	مَسَاءٌ	介係詞，屬於	لِ
如何	كَيْفَ	屬於真主	لِلّٰهِ
你的狀況	حَالُكَ	什麼	مَا
介係詞，與	بِ	你的名字	اِسْمُكَ
好的	خَيْرٌ	你的名字	اِسْمِي
謝謝	شُكْرًا	男人名	خَالِدٌ
不謝，對不起	عَفْوًا	先生	سَيِّدٌ

單字解釋 أَلْمُفْرَدَاتُ

أَلسَّلَامُ عَلَيْكُمْ	您好。	أَلسَّيِّدُ	先生
وَعَلَيْكُمُ السَّلَامُ	您也好。	آنِسَةٌ	小姐
مَرْحَبًا	您好，歡迎。	فَرِيدَةُ	女人名
أَهْلاً وَسَهْلاً	歡迎。	فَاتِنُ	女人名
صَبَاحَ الْخَيْرِ	早安。	مَعَ	與，和
صَبَاحَ النُّورِ	早安。	إِلَى	介係詞，至、到
مَسَاءَ الْخَيْرِ	晚安。	أَلآنِسَةُ	小姐
مَسَاءَ النُّورِ	晚安。	سَامِيَةُ	女人名
مَا اسْمُكَ ؟	你叫什麼名字？		（此排單字在原書的23頁）
اِسْمِي …	我的名字是……		
شُكْرًا	謝謝。		
عَفْوًا	不謝。		
مَعَ السَّلَامَةِ	再見。		
إِلَى اللِّقَاءِ	再見，再會。		

الدرس الثاني　　في غُرْفَةِ التَّدْرِيسِ

١ - تَفَضَّلْ بِالدُّخُولِ . (تَفَضَّلِي بِالدُّخُولِ .)

٢ - إجْلِسْ . (إجْلِسِي .)

٣ - قُمْ . (قُومِي)

٤ - إفْتَحْ كِتَابَكَ مِنْ فَضْلِكَ . (إفْتَحِي كِتَابَكِ مِنْ فَضْلِكِ)

٥ - أَغْلِقْ كِتَابَكَ رَجَاءً . (أَغْلِقِي كِتَابَكِ رَجَاءً)

٦ - لاَ تَفْتَحْ كِتَابَكَ . (لا تَفْتَحِي كِتَابَكِ)

٧ - هَلْ تَفْهَمُ ؟ (هَلْ تَفْهَمِينَ ؟)

٨ - نَعَمْ ، أَفْهَمُ .

٩ - لاَ ، لاَ أَفْهَمُ .

١٠ - اِسْتَمِعْ وَأَعِدْ . (اِسْتَمِعِي وَأَعِيدِي)

١١ - ألآنَ إقْرأْ . (الآنَ إقْرَئِي)

١٢ - جَيِّداً .

١٣ - لِنَبْدَأْ الآنَ .

١٤ - طَيِّبٌ .

١٥ - هَذَا هُوَ الدَّرْسُ الأَوَّلُ .

第二課　在教室

1. 請進。
2. 請坐。
3. 站起來。
4. 請翻開書。
5. 請把書蓋起來。
6. 不要打開書。
7. 你瞭解嗎？
8. 是的，我瞭解。
9. 不，我不瞭解。
10. 注意聽並重複。
11. 現在你唸。
12. 很好。
13. 現在讓我們開始。
14. 好的。
15. 這是第一課。

ألأسئلة والأجوبة

١ - تَفَضَّلْ بِالدُّخُولِ .

شُكْراً .

٢ - هَلْ تَفْهَمُ هَذَا الدَّرْسَ ؟

نَعَمْ ، أفْهَمُ .

٣ - هَلْ تَفْهَمِينَ أيْضًا ؟

لاَ ، لاَ أفْهَمُ .

٤ - تَفَضَّلِي بِالدُّخُولِ .

شُكْراً .

٥ - إجْلِسْ ، يَا فَرِيدُ .

شُكْراً .

٦ - إجْلِسي ، يَا فَرِيدَةُ .

شُكْراً .

問與答

1. 請進。
   謝謝。

2. 這一課你了解嗎?
   是的,我懂。

3. 妳也了解嗎?
   不,我不了解。

4. 請進。(女)
   謝謝。

5. 法立德,請坐。
   謝謝。

6. 法立達,請坐。
   謝謝。

٧ - قُمْ مِنْ فَضْلِكَ ، هَلْ أَنْتَ فَرِيدٌ ؟

نَعَمْ ، اِسْمِي فَرِيدٌ .

٨ - قُومِي يا فَرِيدَةُ ، هَلْ تَفْهَمِينَ ؟

نَعَمْ ، أَفْهَمُ جَيِّداً .

٩ - تَفَضَّلْ إِجْلِسْ يا خالِدُ .

شُكْراً .

١٠ - تَفَضَّلِي إِجْلِسِي يا فرِيدةُ .

شُكْراً يا سامي .

١١ - لِنَبْدَأْ الآنَ .

هَلْ هَذَا هُوَ الدَّرْسُ الأَوَّلُ ؟

١٢ - إِفْتَحْ كِتَابَكَ يا خالِدُ .

طَيِّبٌ .

١٣ - إِفْتَحْ كِتَابَكَ ، لِنَبْدَأْ هَذَا الدَّرْسَ .

طَيِّبٌ .

7. 請站起來,你是法立德嗎?
   是啊,我的名字叫法立德。

8. 法立達,站起來,妳了解了嗎?
   是的,我完全了解。

9. 哈立德,請坐。
   謝謝。

10. 法立達,請坐。
    撒米,謝謝。

11. 現在讓我們開始吧!
    這是第一個嗎?

12. 哈立德,把書翻開。
    好的。

13. 把書翻開,我們開始學這一課!
    好的。

١٤ - أَغْلِقْ كِتَابَكَ وَاسْتَمِعْ يَا سامي .

طَيِّبٌ .

١٥ - أَغْلِقِي كِتَابَكِ وَاسْتَمِعِي يا فاتِنُ .

طَيِّبٌ .

١٦ - هَلْ أَنْتِ تَفْهَمِينَ هَذَا الدَّرْسَ ؟ يَا فَاتِنُ .

نَعَمْ ، أَفْهَمُ هَذا الدَّرْسَ .

١٧ - إِقْرَأْ هَذَا الدَّرْسَ يَا خَالِدُ .

طَيِّبٌ .

١٨ - إِقْرَئِي يَا فَاتِنُ .

طَيِّبٌ .

14. 撒米,把書合起來並用心聽。

　　好的。

15. 法婷,把書合起來並用心聽。

　　好的。

16. 法婷,這一課妳了解嗎?

　　是的,我了解這一課。

17. 哈立德,你唸這一課。

　　好的。

18. 法婷,妳唸。

　　好的。

تَدْرِيبٌ لِلْبَديل

١ - تَفَضَّلْ | بِالدُّخُولِ | ، يَا سامي .
          | بِالْجُلُوسِ |

٢ - تَفَضَّلِي | بِالدُّخُولِ | ، يا سامية .
            | بِالْجُلُوسِ |

٣ - | إفْتَحْ | كِتَابَكَ يا فريد .
    | أغْلِقْ |
    | إقْرَأْ |

٤ - | إفْتَحِي | كِتَابَكِ يا فريدة .
    | أغْلِقِي |
    | إقْرَئِي |

٥ - إسْتَمِعْ وَأَعِدْ | يَا سَيِّدُ فَرِيد | .
                    | يَا سَيِّدُ خالد |

句型練習

1. 撒米,請 | 進 / 坐 | 。

2. 撒米亞,請 | 進 / 坐 | 。

3. 法立德, | 翻開 / 合起 / 唸 | 你的書。

4. 法立德, | 翻開 / 合起 / 唸 | 你的書。

5. | 法立德先生, / 哈立德先生, | 注意聽並跟著唸。

٦ - إِسْتَمِعِي وَأَعِيدِي يا آنسة سامية .
يا آنسة فريدة .

٧ - لاَ تَفْتَحْ كِتَابَكَ يا سامي .
لاَ تُغْلِقْ
لاَ تَقْرَأْ

٨ - لاَ تَفْتَحِي كِتَابَكِ يا سامية .
لاَ تُغْلِقِي
لاَ تَقْرَئِي

6. | 撒米亞小姐，
法立達小姐， | 用心聽並跟著唸。

7. 撒米，| 不要把你的書翻開。
不要把你的書合起來。
不要唸你的書。 |

8. 撒米亞，| 不要把妳的書翻開。
不要把妳的書合起來。
不要唸妳的書。 |

المحادثة

١- صَبَاحَ الْخَيْرِ يا سامي ، كَيْفَ حالُكَ الْيَوْمَ ؟

صَبَاحَ النُّورِ يَا خالدُ ، أَنَا بِخَيْرٍ ، تَفَضَّلْ بِالدُّخُولِ .

شُكْرًا ، كَيْفَ الآنِسَةُ ساميةُ الْيَوْمَ ؟

هِيَ بِخَيْرٍ أَيْضًا .

تَفَضَّلْ إجْلِسْ .

شُكْرًا .

لِنَقْرَإِ الدَّرْسَ الأَوَّلَ الآنَ .

طَيِّبٌ .

هَلْ تَفْهَمُ الدَّرْسَ الأَوَّلَ ؟

نَعَمْ ، أَفْهَمُ جَيِّدًا .

會話

1. 撒米,早安,你今天好嗎?

   哈立德,早安,我很好,請進

   謝謝。撒米亞小姐今天好嗎?

   她很好,謝謝。

   請坐。

   謝謝。

   現在讓我們來唸第一課。

   好的。

   第一課你了解嗎?

   是的,我完全了解。

٢ – مَرْحَبًا يا ساميةُ .

مَسَاءَ الْخَيْرِ يا فريدةُ .

إفْتَحِي كِتَابَكِ يا ساميةُ .

طَيِّبٌ ، لِنَقْرَأْ هَذَا الدَّرْسَ الآنَ .

هَلْ تَفْهَمِينَ هَذَا الدَّرْسَ ؟

لا ، لا أَفْهَمُ هذا الدَّرْسَ جَيِّداً .

لِنَقْرَأْ مِنَ الأَوَّلِ . （從頭）

طَيِّبٌ .

٣ – مَسَاءَ الْخَيْرِ يا خالدُ .

مَسَاءَ النُّورِ يا فريدُ .

تَفَضَّلْ بِالدُّخُولِ واجْلِسْ .

شُكْراً ، هَلْ تَفْهَمُ الدَّرْسَ الأَوَّلَ جَيِّداً ؟

نَعَمْ ، أَفْهَمُ هَذَا الدَّرْسَ جَيِّداً .

إِلَى اللِّقَاءِ .

مَعَ السَّلامَةِ .

2. 哈囉，撒米亞。

　　法立達，晚安。

　　撒米亞，把妳的書翻開來。

　　好的，現在讓我們來唸第一課。

　　這一課妳了解嗎？

　　不，我不完全了解這一課。

　　讓我們從頭唸起。

　　好的。

3. 哈立德，晚安。

　　法立德，晚安。

　　請進來坐。

　　謝謝，第一課妳完全了解嗎？

　　是的，這一課我完全了解。

　　再見。

　　再見。

٤ – السَلاَمُ عَلَيْكُمْ .

وَعَلَيْكُمُ السَّلاَمُ .

كَيْفَ أَنْتِ الْيَوْمَ ؟ يَا فَاتِنُ .

أَلْحَمْدُ لِلَّـهِ ، بِخَيْرٍ .

تَفَضَّلِي بِالْجُلُوسِ يَا فَاتِنُ .

شُكْراً .

هَلْ تَفْهَمِينَ هَذَا الدَّرْسَ جَيِّداً ؟

نَعَمْ ، أَفْهَمُهُ جَيِّداً . وَأَنْتَ ؟

لا أَفْهَمُ هَذا الدَّرْسَ جَيِّداً .

لِنَقْرَأْ هَذَا الدَّرْسَ الآنَ .

4. 祝妳平安。

　　祝你平安。

　　法婷，妳今天怎麼樣？

　　感謝真主，很好。

　　法婷，請坐。

　　謝謝。

　　這一課妳完全了解嗎？

　　是的，我完全了解。你呢？

　　我不完全了解這一課。

　　現在讓我們來唸這一課。

單字解釋 المفردات

請	تَفَضَّلْ	讓我們開始	لِنَبْدَأْ
進入	الدُّخُولُ	好的	طَيِّبٌ
坐下	إِجْلِسْ	這個	هَذَا
站起來	قُمْ	他	هُوَ
打開	إِفْتَحْ	課，課程	أَلدَّرْسُ
你的書	كِتَابَكَ		
（介係詞）從	مِنْ		
你的恩惠	فَضْلِكَ		
蓋起來	أَغْلِقْ		
麻煩，希望	رَجَاءً		
注意聽	إِسْتَمِعْ		
重複	أَعِدْ		
現在	أَلآنَ		
你唸	إِقْرَأْ		
很好	جَيِّداً		

單字解釋 المفردات

你打開	تَفْتَحُ
你瞭解，你懂	تَفْهَمُ
第一	أَلأَوَّلُ

الدّرْسُ الثَالِثُ   الإشارة (الْمُذكَّرُ)

١ - مَا هَذَا ؟

٢ - ذَلِكَ كِتَابٌ .

٣ - هَلْ هَذَا كِتَابُكَ ؟

٤ - لا ، ذَلِكَ لَيْسَ كِتَابِي .

٥ - لِمَنْ هَذَا الْكِتَابُ ؟

٦ - ذَلِكَ كِتَابُهُ .

٧ - مَا ذَلِكَ ؟

٨ - ذَلِكَ قَلَمٌ .

٩ - هَلْ ذَلِكَ قَلَمُهُ ؟

١٠ - لا ، ذَلِكَ لَيْسَ قَلَمَهُ ، ذَلِكَ قَلَمِي .

١١ - هَلْ هَذَا لَكَ ؟

١٢ - نَعَمْ ، ذَلِكَ لِي .

١٣ - أَيْنَ الْبَابُ ؟

١٤ - أَلْبَابُ هُنَا .

١٥ - هَلْ هَذَا الْكِتَابُ لَهُ .

第三課 指示（陽性）

1 這是什麼？

2 那是一本書。

3 這是你的書嗎？

4 不，那不是我的書。

5 這本書是誰的？

6 那是他的書。

7 那是什麼？

8 那是一枝筆。

9 那是他的筆嗎？

10 不，那不是他的筆，那是我的筆。

11 這是你的嗎？

12 是的，那是我的。

13 門在哪裡？

14 門在這裡。

15 這本書是他的嗎？

الأسئلة والأجوبة

١ - سامي : مَا هَذَا ؟

فريد : ذَلِكَ كِتَابٌ .

٢ - سامي : صَبَاحَ الْخَيْرِ يا سامِيةُ ، هَلْ هَذَا كِتَابُكِ ؟

سامية : لاَ ، ذَلِكَ لَيْسَ كِتَابِي .

٣ - سامي : لِمَنْ هَذا الْكِتَابُ ؟

خالد : ذَلِكَ كِتَابِي ، يا سامي .

٤ - سامي : هَلْ هَذَا قَلَمُكِ ؟ يا فريدةُ .

فريدة : نَعَمْ ، ذَلِكَ قَلَمِي ، يا سامي .

٥ - سامي : ذَلِكَ كِتَابٌ ، هَلْ هُوَ لَكَ ؟

خالد : لا ، هُوَ لَيْسَ لِي ، هُوَ لَكَ .

٦ - سامي : هَذَا هُوَ فريدٌ ، هَلْ هَذا كِتَابُهُ ؟

خالد : نَعَمْ ، ذَلِكَ كِتَابُ فريدٍ .

٧ - سامي : أَيْنَ السَّيِّدُ فريدٌ ؟ هَذا كِتابُهُ وَهَذَا قَلَمُهُ أَيْضًا .

خالد : السَّيِّدُ فريد هُنَا ، وَلَكِنْ ذَلِكَ لَيْسَ كِتابَهُ ولاَ قَلَمَهُ . （但是）

會話

1. 撒米：這是什麼？
   法立德：那是一本書。

2. 撒米：撒米亞，早安，這是妳的書嗎？
   撒米亞：不是，那不是我的書。

3. 撒米：這本書是誰的？
   哈立德：撒米，那是我的書。

4. 撒米：法立德，這是妳的筆嗎？
   法立達：是的，撒米，那是我的筆。

5. 撒米：那是一本書，它是你的嗎？
   哈立德：不是，那不是我的，是你的。

6. 撒米：這位是法立德，這是他的書嗎？
   哈立德：是的，那是法立德的書。

7. 撒米：法立德先生在哪裡？這是他的書，這也是他的筆。

   哈立德：法立德先生在這兒，但是，那不是他的書也不是他的筆。

٨ - سامي : هَلْ هَذَا قَلَمُ ساميةَ ؟

خالد : لاَ ، هَذَا لَيْسَ قَلَمَهَا . （她的筆）

٩ - سامي : لِمَنْ هَذَا الْكِتَابُ ؟

خالد : هُوَ لِلْمُعَلِّمِ .

١٠ - سامي : مَن هَذَا ؟

خالد : هَذَا مُعَلِّمٌ .

١١ - سامي : هَلْ أَنْتَ مُعَلِّمٌ أَيْضًا ؟

خالد : لا ، أَنَا طَالِبٌ .

١٢ - سامي : لِمَنْ هَذَا الْقَلَمُ ؟

خالد : هُوَ لِي .

١٣ - سامي : هَلْ هَذَا الْكِتَابُ لَكَ ؟

خالد : نَعَمْ ، هَذَا الْكِتَابُ لِي .

١٤ - سامي : هَلْ هَذَا كِتَابُ فَاتِنَ ؟

خالد : لا ، ذَلِكَ كِتَابُ ساميةَ .

8. 撒米：這是薩米亞的筆嗎？

　　哈立德：不，這不是她的筆。

9. 撒米：這是誰的書？

　　哈立德：那是老師的。

10. 撒米：這是誰？

　　哈立德：這是位老師。

11. 撒米：你也是一位老師嗎？

　　哈立德：不，我是學生。

12. 撒米：這枝筆是誰的？

　　哈立德：那是我的。

13. 撒米：這本書是你的嗎？

　　哈立德：是的，這本書是我的。

14. 撒米：這是法婷的書嗎？

　　哈立德：不，那是撒米亞的書。

١٥ - سامي : أَيْنَ كِتَابُ فَاتِنَ ؟

خالد : كِتَابُ فَاتِنَ هُنَا .

١٦ - سامي : أَيْنَ قَلَمُهَا ؟

خالد : قَلَمُهَا أَيْضًا هُنَا .

١٧ - سامي : هَلْ هَذَا الْكِتَابُ لِفَاتِنَ ؟

خالد : لا ، هَذَا الْكِتَابُ لِفَرِيدٍ .

١٨ - سامي : أَيْنَ الْبَابُ رَجَاءً ؟

خالد : أَلْبَابُ هُنَا .

15. 撒米：法婷的書在哪兒？

哈立德：法婷的書在這兒。

16. 撒米：她的筆在哪兒？

哈立德：她的筆也在這兒。

17. 撒米：這本書是法婷的嗎？

哈立德：不，這是法立德的書。

18. 撒米：請問門在哪兒？

哈立德：門在這兒。

تَدْرِيبٌ لِلْبَدِيلِ

١ – مَا | هَذَا / ذَلِكَ | ؟

٢ – مَنْ | هَذَا / ذَلِكَ | ؟

٣ – لِمَنْ هَذَا | الْكِتَابُ / الْقَلَمُ | ؟

٤ – | هَذَا / ذَلِكَ | لَيْسَ كِتَابًا .

٥ – هَذَا | كِتَابِي / كِتَابُكَ / كِتَابُكِ / كِتَابُهُ / كِتَابُهَا | .

٦ – هَذَا كِتَابٌ | لِي / لَكَ / لَكِ / لَهُ / لَهَا |

句型

1. [這/那] 是什麼？

2. [這/那] 位是誰？

3. [這本書/這枝筆] 是誰的？

4. [這/那] 不是一本書。

5. 這是 [我/你/妳/他/她] 的書。

6. 這本書是 [我/你/妳/他/她] 的

المحادثة

١ - لِمَنْ هَذَا الْكِتَابُ ؟ هَلْ هُوَ كِتَابُكَ ؟

نَعَمْ ، هُوَ كِتَابِي . وَأَيْنَ كِتَابُكَ ؟

كِتَابِي هُنَا ، لِنَبْدَأْ الدَّرْسَ .

طَيِّبٌ ، لِنَبْدَأْ مِنْ الدَّرْسِ الأَوَّلِ .

أَيْنَ سامي ؟ هَذَا هُوَ كِتَابُهُ .

سامي لَيْسَ هُنَا .

لِمَنْ هَذَا الْكِتَابُ ؟ هَلْ هَذَا كِتَابُكَ ؟

لا ، هَذَا لَيْسَ كِتَابِي .

٢ - مَسَاءَ الْخَيْرِ يا سامية ، كَيْفَ حالُكِ ؟

بِخَيْرٍ ، شُكْرًا . وَكَيْفَ أَنْتِ يا فَرِيدَةُ ؟

بِخَيْرٍ أَيْضًا ، شُكْرًا . أَيْنَ كِتَابُكِ ؟

كِتَابِي هُنَا .

لِنَقْرَأْ هَذَا الدَّرْسَ الآنَ .

طَيِّبٌ ، هَلْ تَفْهَمِينَ هَذَا الدَّرْسَ جَيِّدًا ؟

نَعَمْ ، أَفْهَمُ جَيِّدًا .

會話

1. 這本書是誰的?是你的嗎?

    是的,那是我的書。你的書在哪兒?

    我的書在這見,讓我們開始學這一課吧。

    好的,讓我們從第一課開始。

    撒米在哪兒?這是他的書。

    撒米不在這兒。

    這本書又是誰的呢?是你的嗎?

    不,那不是我的書。

2. 撒米亞,早安。妳好嗎?

    很好,謝謝,妳呢?法立達。

    我也很好,謝謝。妳的書在哪兒?

    我的書在這兒。

    現在讓我們來學這一課吧。

    好的,這一課妳了解了嗎?

    是的,我完全了解。

٣ - السَّلَامُ عَلَيْكُمْ .

وَعَلَيْكُمُ السَّلَامُ .

تَفَضَّلْ بالدُّخُولِ .

شُكْرًا ، كَيْفَ الْحَالُ ؟

أَلْحَمْدُ لِلّه بِخَيْرٍ .

إجْلِسْ ولِنَقْرَأَ الدَّرْسَ الأَوَّلَ الآنَ .

مَنْ هُوَ ؟

هُوَ مُعَلِّمِي .

٤ - لِمَنْ هَذَا الْقَلَمُ ؟

ذَلِكَ الْقَلَمُ لِلْمُعَلِّمِ .

هَلْ ذَلِكَ الْكِتَابُ لَهُ أَيْضًا ؟

لا ، ذَلِكَ الْكِتابُ لِلسَّيِّدِ سامي

هَلْ هَذَا لَهُ أَيْضًا ؟

لا ، ذَلِكَ لَيْسَ لَهُ . ذَلِكَ لِهَذَا الطَّالِبِ ؟

مَنْ هَذَا الطَّالِبُ ؟

هُوَ خَالِدٌ .

هَلْ خالدٌ صِينِيٌّ أَوْ عَرَبِيٌّ .

هُوَ صِينِيٌّ لَيْسَ عَرَبِيًا .

3. 你好！

 你也好！

 請進。

 謝謝，你好嗎？

 感謝真主，很好。

 請坐，現在讓我們來唸第一課。

 他是誰？

 他是我的老師。

4. 這枝筆是誰的？

 那枝筆是老師的。

 那本書也是老師的嗎？

 不是，那本書是撒米先生的。

 這也是他的嗎？

 不是，那不是他的，那是這位學生的。

 這位學生是誰？

 他是哈立德。

 哈立德是中國人還是阿拉伯人？

 他是中國人，不是阿拉伯人。

單字解釋 المفردات

什麼？	مَا
這個	هٰذَا
那個	ذٰلِكَ
誰的？	لِمَنْ
誰？	مَنْ
筆	قَلَمٌ
課程	دَرْسٌ
這裡	هُنَا
老師	مُعَلِّمٌ
學生	طَالِبٌ

單字解釋 المفردات

中國人	صِينِيٌّ
阿拉伯人	عَرَبِيٌّ

الدرس الرَّابِعُ الاشارة (الْمُؤَنَّثُ)

١ - مَا هَذِهِ ؟

٢ - تِلْكَ طَاوِلَةٌ .

٣ - هَلْ تِلْكَ كُتُبٌ ؟

٤ - نَعَمْ ، هِيَ كُتُبٌ .

٥ - هَلْ هَذِهِ كُتُبُكَ ؟

٦ - لا ، هَذِهِ كُتُبُ مُدَرِّسِنَا .

٧ - أيْنَ كُتُبُكَ ؟

٨ - هِيَ هُنَاكَ .

٩ - لِمَنْ تِلْكَ السَّيَّارَةُ ؟

١٠- تِلْكَ سَيَّارَتِي .

١١ - تِلْكَ سَيَّارَتُكَ أيْضًا ، أَ لَيْسَ كَذَلِكَ ؟

١٢ - بَلَى ، تِلْكَ سَيَّارَةُ مُعَلِّمِي .

١٣ - أَ لَيْسَتْ هَذِهَ مُدَرِّسَتَكُمْ ؟

١٤ - نَعَمْ ، هَذِهِ لَيْسَتْ مُدَرِّسَتَنَا ، هِيَ مُدَرِّسَتُهُمْ .

١٥ - هَذِهِ طاوِلاَتُنَا ، أَ لَيْسَ كَذَلِكَ ؟

第四課 指示（陰性）

1 這是什麼？

2 那是一張桌子。

3 那是一些書嗎？

4 是的，它是一些書。

5 這是你的書嗎？

6 不，這是我們老師的書。

7 你的書在哪裡？

8 它在那邊。

9 那部車子是誰的？

10 那是我的車子。

11 那部車子也是你的，不是嗎？

12 不，那是我老師的車子。

13 這位不是你們的女老師嗎？

14 這位不是我們的女老師，她是他們的女老師。

15 這是我們的桌子，不是嗎？

تدريب للبديل

١ - مَا | هَذِهِ / تِلْكَ | ؟

٢ - هَذِهِ / تِلْكَ | طاوِلَةٌ / سَيَّارَةٌ / كُتُبٌ / طاوِلاتٌ / سَيَّارَاتٌ | .

٣ - هَذِهِ | كُتُبُـكَ / سَيَّارَتُكِ / طاوِلَتُكُمْ / طاوِلاَتُهُمْ / سَيَّارَتُنَا / أَقْلاَمُكُم / مَدْرَسَتُنَا / سَيَّارَتُهُمْ | .

٤ - | سَيَّارَتِي / كِتَابِي / كُتُبِي / قَلَمِي / أَقْلاَمِي / طاوِلَتِي / سامي / سامية | هُنَاكَ / هُنَا .

句型

1. | 這 |
   | 那 |
   是什麼？

2. 這是 | 一張桌子。
   那是 | 一部汽車。
        | 一些書。
        | 一些桌子。
        | 一些汽車。

3. 這是 | 你的一些書。
        | 妳的車子。
        | 你們的桌子。
        | 他們的一些桌子。
        | 我們的車子。
        | 你們的一些筆。
        | 我們的學校
        | 他們的車子。

4. | 我的車子 | 在那兒。
   | 我的書 | 在這兒。
   | 我一些的書 |
   | 我的筆 |
   | 我的一些筆 |
   | 我的桌子 |
   | 撒米 |
   | 撒米亞 |
   | 我的車子 |

٥ - أَلَيْسَتْ [هَذِهِ / تِلْكَ] [سَيَّارَتَكَ / مُدَرِّسَتَكَ / مُعَلِّمَتَكِ / طاوِلَتَكُمْ / كُتُبَنَا / أَقْلَامَهُمْ] ؟

٦ - بَلَى ، هَذِهِ لَيْسَتْ [لَكَ / لَكِ / لَهُ / لَهَا / لَكُمْ / لَهُمْ]

٧ - نَعَمْ ، هِيَ لَيْسَتْ [مُعَلِّمَتِي / مُدَرِّسَتِي / سَيَّارَتِي / طاوِلَتِي / كُتُبِي / أَقْلَامِي] .

5. 這不是 你的車子嗎？
   那不是 你的學校嗎？
         妳的女老師嗎？
         你們的桌子嗎？
         我們的書嗎？
         他們的筆嗎？

6. 不是，這不是 你／妳／他／她／你們／他們 的。

7. 是的，那不是我的 女老師。／學校。／汽車。／桌子。／書。／筆。

ألأسئلة والأجوبة

١ - مَا هَذِهِ ؟ يا مُعَلِّمُ .

هَذِهِ كُتُبٌ .

٢ - هَلْ هَذِهِ كُتُبُكَ ؟

نَعَمْ ، تِلْكَ كُتُبِي .

٣ - أَيْنَ الأَقْلاَمُ ؟

هِيَ هُنَاكَ .

٤ - هَذِهِ سَيَّارَتُكَ ، أَ لَيْسَ كَذَلِكَ ؟

نَعَمْ ، هَذِهِ سَيَّارَةُ مُعَلِّمِي .

٥ - أَ لَيْسَتْ تِلْكَ سَيَّارَتَكَ ؟

نَعَمْ ، تِلْكَ لَيْسَتْ سَيَّارَتِي ، هِيَ سَيَّارَةُ سامي .

٦ - هَذِهِ كُتُبُكَ ، أَ لَيْسَ كَذَلِكَ ؟

بَلَى ، هِيَ كُتُبِي .

問與答

1. 老師,這是什麼?
   這是一些書。

2. 這些書是你的嗎?
   是啊,那些是我的書。

3. 筆在哪兒?
   在那邊。

4. 這是你的車,對不對?
   這是我老師的車。

5. 那部車不是你的嗎?
   那不是我的車,那是撒米的車。

6. 這是你的書,對不對?
   對,那是我的書。

٧ – أ لَيْسَتْ هَذِهِ كُتُبَكَ ؟

بَلَى ، هَذِهِ كُتُبِي .

٨ – لِمَنْ تِلْكَ الْكُتُبُ ؟

تِلْكَ الْكُتُبُ لَكَ .

٩ – هَذِهِ الْكُتُبُ لَكَ أَيْضًا ، أ لَيْسَ كَذَلِكَ ؟

بَلَى ، هِيَ كُتُبِي .

١٠ – لِمَنْ هَذِهِ الأَقْلاَمُ وتِلْكَ الْكُتُبُ ؟

تِلْكَ الأَقْلاَمُ لِلطُّلاَّبِ ، وَهَذِهِ الْكُتُبُ لِلْمُدَرِّسِ .

١١ – لِمَنْ هَذِهِ السَّيَّارَةُ ؟

هَذِهِ السَّيَّارَةُ لِلسَّيِّدِ سامي .

١٢ – هَلْ هَذِهِ السَّيَّارَةُ لَكَ أَوْ لِمُعَلِّمِكَ ؟

هَذِهِ السَّيَّارَةُ لِمُعَلِّمِي .

١٣ – لِمَنْ تِلْكَ الْكُتُبُ هُنَاكَ ؟

تِلْكَ الْكُتُبُ لِلْمَدْرَسَةِ .

7. 這些書不是你的嗎?
   是啊,這些書是我的。

8. 這些書是誰的?
   那些書是你的啊。

9. 這些書也是你的,不是嗎?
   是啊,這些書都是我的。

10. 這些筆跟那些書是誰的?
    那些筆是學生的,這些書是老師的。

11. 這部車是誰的?
    這部車是撒米先生的。

12. 這部車是你的還是你老師的?
    這部車是我老師的。

13. 在那邊的那些書是誰的?
    那些書是學校的。

١٤ - أَ لَيْسَتْ هَذِهِ الْكُتُبُ لَنَا ؟

بَلَى ، هِيَ كُتُبُنَا .

١٥ - أَلَيْسَتْ هَذِهِ مُعَلِّمَتَكِ ؟ يَا فَرِيدَةُ .

بَلَى ، هِيَ مُعَلِّمَتِي .

١٦ - أَلَيْسَتْ تِلْكَ طَاوِلَاتِ مَدْرَسَتِنَا ؟

نَعَمْ ، تِلْكَ لَيْسَتْ طَاوِلَاتِ مَدْرَسَتِنَا .

١٧ - هَلْ هَذِهِ السَّيَّارَةُ جَيِّدَةٌ ؟

نَعَمْ ، هَذِهِ السَّيَّارَةُ جَيِّدَةٌ .

14. 這些書不是我們的嗎?

是啊,那是我們的書。

15. 發立達,這位不是妳的老師嗎?

是啊,她是我的老師。

16. 這不是我們老師的桌子嗎?

對,那不是我們老師的桌子。

17. 這部車好嗎?

是的,這部車很好。

المحادثة

١ - هَلْ هَذِهِ كُتُبُكَ ؟ يا سامي ، هِيَ لَيْسَتْ كُتُبِي .
نَعَمْ ، هِيَ كُتُبِي .
تَفَضَّلْ ، هَذِهِ هِيَ الْكُتُبُ والأَقْلاَمُ .
شُكْراً ، وَأَيْنَ كُتُبُكَ وَأَقْلاَمُكَ ؟
كُتُبِي وأَقْلاَمِي لَيْسَتْ هُنَا .
هَلْ تِلْكَ سَيَّارَتُكَ ؟
نَعَمْ ، تِلْكَ سَيَّارَتِي .
لِمَنْ هَذِهِ السَّيَّارَةُ ؟ هَلْ هِيَ سَيَّارَتُكَ أَيْضًا ؟
لاَ ، هِيَ سَيَّارَةُ مُعَلِّمِي ، لَيْسَتْ سَيَّارَتِي .

٢ - صَبَاحَ الْخَيْرِ ، تَفَضَّلْ بالدُّخُولِ وَالْجُلُوسِ .
صَبَاحَ النُّورِ ، شُكْراً .
إِجْلِسْ ، لِنَبْدَأْ هَذَا الدَّرْسَ .
شُكْراً ، هَلْ نَبْدَأُ مِنَ الدَّرْسِ الأَوَّلِ ؟
لاَ ، نَبْدَأُ مِنَ الدَّرْسِ الرَّابِعِ الْيَوْمَ .
إِفْتَحْ كِتَابَكَ رَجَاءً .
طَيِّبٌ ، وَلَكِنْ لاَ أَفْهَمُ هَذَا الدَّرْسَ جَيِّداً .
إِقْرَأْ جَيِّداً ، ثُمَّ تَفْهَمُهُ .

會話

1. 撒米,這不是我的書,是你的嗎?
   是的,那是我的書。
   請,這就是你的書跟筆。
   謝謝,你的書跟筆呢?
   我的書跟筆都不在這兒。
   那是你的車嗎?
   是的,那是我的車。
   這部車是誰的,也是你的嗎?
   不,那部車是我老師的,不是我的。

2. 早安,請進來坐。
   早安,謝謝。
   請坐,讓我們來學這一課。
   謝謝,我們從第一課開始嗎?
   不,今天我們要從第四課開始。
   請把書翻開。
   好的,但是,這一課我不完全了解。
   好好唸,然後你就會了解。

٣ - مَسَاءَ الْخَيْرِ ، يا سامِيةُ ، كَيْفَ الْحَالُ ؟

مَسَاءَ النُّورِ ، يَا فَرِيدَةُ ، أَنَا بِخَيْرٍ ، وكَيْفَ أَنْتِ ؟

أَنَا بِخَيْرٍ أَيْضًا ، شُكْرًا ، أَيْنَ كِتَابُكِ ؟

هَذَا هُوَ كِتَابِي ، لِنَبْدَأْ هَذَا الدَّرْسَ الآنَ ؟

طَيِّبٌ ، نَبْدَأُ مِنَ الدَّرْسِ الرَّابِعِ .

٤ - مَرْحَبًا ، يَا سامِيةُ .

أَهْلاً وَسَهْلاً ، كَيْفَ حالُكِ الْيَوْمَ ؟

أَلْحَمْدُ لِلّهِ ، بِخَيْرٍ .

هَلْ هَذِهِ كُتُبُكِ ؟

لاَ ، هَذِهِ لَيْسَتْ كُتُبِي .

أَيْنَ كُتُبُكِ ؟

كُتُبِي هُنَا .

هَلْ لَكِ أَقْلاَمٌ ؟

نَعَمْ ، هَذِهِ أَقْلاَمِي .

إِقْرَئِي مِنْ الدَّرْسِ الرَّابِعِ الآنَ .

طَيِّبٌ .

أَنْتِ تَقْرَئِينَ جَيِّداً .

شُكْرًا .

3. 撒米亞，晚安，妳好嗎？

　　法立達，晚安，我很好，妳呢？

　　我也很好，謝謝，妳的書呢？

　　這就是我的書，現在讓我們開始學這一課吧。

　　好的，我們從第四課開始吧。

4. 撒米亞，妳好！

　　妳好！妳今天好嗎？

　　感謝真主，很好。

　　這是妳的書嗎？

　　不，那不是我的書。

　　妳的書呢？

　　我的書在這兒。

　　妳有筆嗎？

　　有啊，這就是我的筆。

　　現在妳就從第四課開始唸。

　　好的。

　　妳唸得很好。

　　謝謝。

٥ - مَرْحَبًا ، يا خالدُ .

أهْلاً وَسَهْلاً ، كَيْفَ حالُكَ الْيَوْمَ ؟

ألْحَمْدُ لِلّـهِ ، بِخَيْرٍ .

هَلِ السَّيِّدُ فَرِيدٌ هُنَا الْيَوْمَ ؟

لاَ ، هُوَ لَيْسَ هُنَا الْيَوْمَ .

أيْنَ هُوَ الآنَ ؟

هُوَ هُنَاكَ مَعَ مُدَرِّسِهِ .

هَلْ هُوَ يَفْهَمُ الدَّرْسَ الرَّابِعَ ؟

نَعَمْ ، هُوَ يَفْهَمُ جَيِّداً .

هَلْ أنْتَ تَفْهَمُ هَذَا الدَّرْسَ أيْضًا ؟

لاَ ، لاَ أفْهَمُ جَيِّداً .

٦ - لِمَنْ تِلْكَ السَّيَّارَةُ هُنَاكَ ؟

تِلْكَ سَيَّارَةُ لِلْمُعَلِّمِ خَالِدٍ .

أ لَيْسَتْ لَكَ سَيَّارَةٌ ؟

نَعَمْ ، لَيْسَتْ لِي سَيَّارَةٌ .

هَلْ هَذِهِ هِيَ سَيَّارَةُ الْمَدْرَسَةِ ؟

لا ، هَذِهِ هِيَ سَيَّارَةُ فَرِيدٍ .

5. 哈立德，你好！

　　你好啊，今天怎麼樣?

　　很好，感謝真主。

　　法立德先生今天在這兒嗎？

　　不，他今天不在這兒。

　　他現在人在哪裡？

　　他跟他的老師在那邊。

　　他了解第四課嗎？

　　是的，他完全了解了。

　　這一課你也了解了嗎？

　　不，我不完全了解。

6. 那邊那部車是誰的？

　　那部車是哈立德老師的。

　　你沒有車嗎？

　　是啊，我沒有車。

　　這部車是學校的嗎？

　　不是，這部車是法立德的。

單字解釋 المفردات

這個	هَذِهِ
那個	تِلْكَ
她；它	هِيَ
老師（女）	مُدَرِّسَةٌ
那邊	هُنَاكَ
誰？	مَنْ
也	أَيْضًا
桌子	طَاوِلَةٌ
書（複數）	كُتُبٌ
老師（男）	مُدَرِّسٌ
在哪裡？	أَيْنَ
汽車	سَيَّارَةٌ
從（介係詞）	مِنْ
怎麼不	بَلَى

單字解釋 المفردات

桌子（複數）	طَاوِلَاتٌ
老師（女）	مُعَلِّمَةٌ
老師（男）	مُعَلِّمٌ
汽車（複數）	سَيَّارَاتٌ

اَلدّرس الخامِسُ أَلسُّؤَالُ عَنِ الشَّخْصِ

١ – مَنْ أَنْتَ ؟

٢ – أَنَا سامي .

٣ – مَنْ ذَلِكَ الرَّجُلُ ؟

٤ – هُوَ صَدِيقِي حَسَنٌ .

٥ – هَلْ تِلْكَ البِنْتُ صَدِيقَتُكَ ؟

٦ – لا ، هِيَ لَيْسَتْ صَدِيقَتِي، هِيَ صَدِيقَةُ حَسَنٍ .

٧ – مَنْ هَؤُلاَءِ ومَنْ أُولاَئِكَ ؟

٨ – هَؤُلاَءِ طُلاَّبٌ ، وأُولاَئِكَ مُعَلِّمُونَ .

٩ – هَؤُلاَءِ طَالِباتٌ ، وأُولاَئِكَ مُعَلِّمَاتٌ .

١٠ – هَلْ أَنْتُمْ تَدْرُسُونَ فِي هَذِهِ الْجَامِعَةِ ؟

١١ – نَعَمْ ، نَحْنُ نَدْرُسُ فِي هَذِهِ الْجَامِعَةِ .

١٢ – مَنْ أُولاَئِكَ الْبَنَاتُ ؟

١٣ – لاَ أَعْرِفُ ، رُبَّمَا هُنَّ طَالِباتٌ يَدْرُسْنَ فِي هَذِهِ الْجَامِعَةِ أَيْضًا .

١٤ – أَنَا أَدْرُسُ الْعَرَبِيَّةَ وأَنْتَ تَدْرُسُ الإِنْجِلِيزِيَّةَ فِي هَذِهِ الْجَامِعَةِ .

第五課 問人

1 你是誰？

2 我是撒米。

3 那個人是誰？

4 他是我的朋友哈珊。

5 那位女孩是你的（女）朋友嗎？

6 不，她不是我的（女）朋友，她是哈珊的朋友。

7 這些人是誰？那些人又是誰？

8 這些人是學生（男），那些人是老師（男）。

9 這些人是（女）學生，那些人是（女）老師。

10 你們在這所大學唸書嗎？

11 是的，我們在這所大學唸書。

12 那些女孩是誰？

13 我不知道，也許她們也是在這所大學唸書的女學生。

14 我在這所大學學阿拉伯文，你在這所大學學英文。

تدريب للبديل

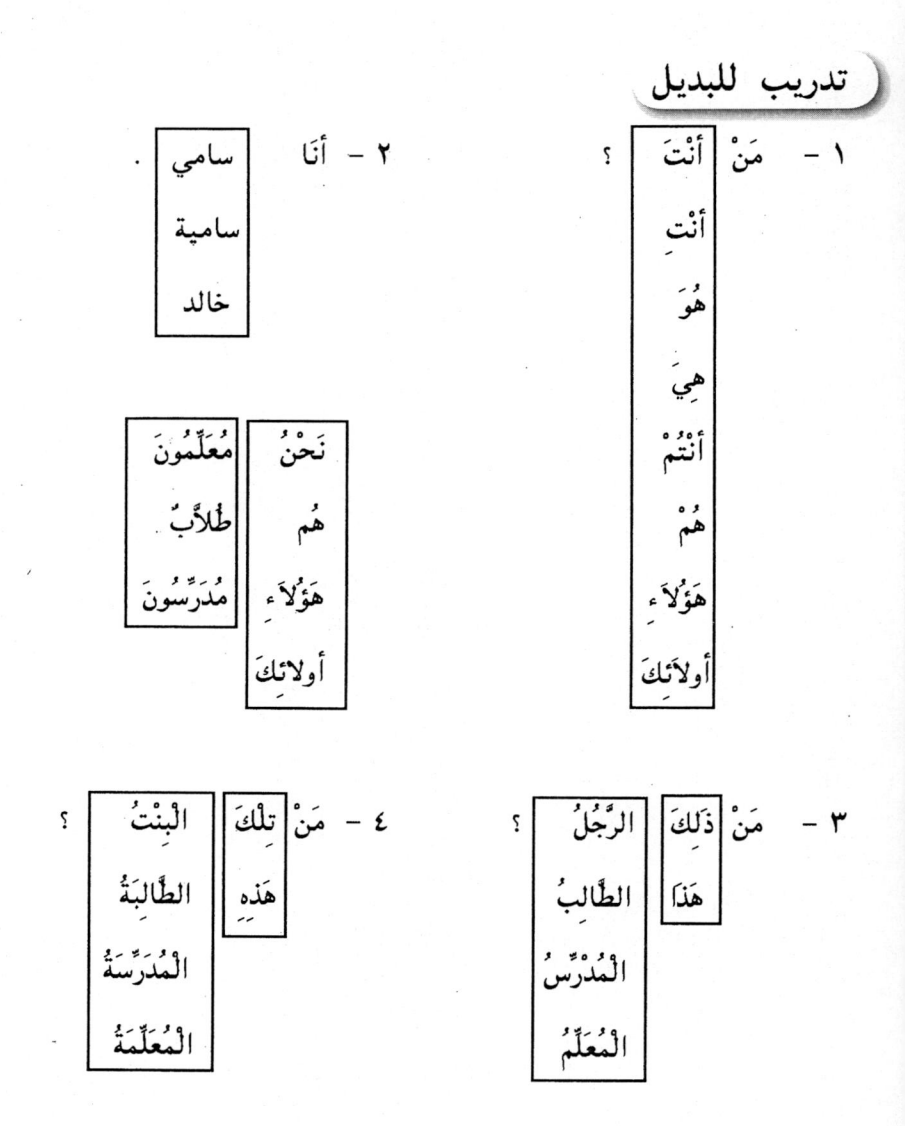

١ - مَنْ أَنْتَ ؟
أَنْتِ
هُوَ
هِيَ
أَنْتُمْ
هُمْ
هَؤُلَاءِ
أُولَائِكَ

٢ - أَنَا سامي .
سامية
خالد

نَحْنُ مُعَلِّمُونَ
هُمْ طُلَّابٌ
هَؤُلَاءِ مُدَرِّسُونَ
أُولَائِكَ

٣ - مَنْ ذَلِكَ الرَّجُلُ ؟
هَذَا الطَّالِبُ
الْمُدَرِّسُ
الْمُعَلِّمُ

٤ - مَنْ تِلْكَ الْبِنْتُ ؟
هَذِهِ الطَّالِبَةُ
الْمُدَرِّسَةُ
الْمُعَلِّمَةُ

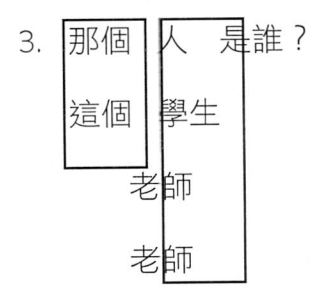

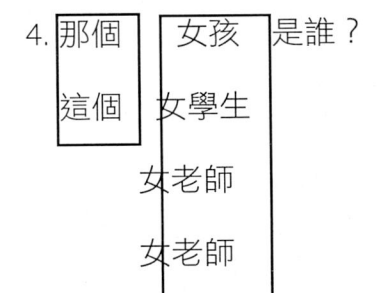

句型

1. 你／妳／他／她／你們／他們／這些人／那些人 是誰？

2. 我是 撒米。／撒米亞。／哈立德。

   我們／他們／這些人／那些人 是 老師。／學生。／老師。／學生。

3. 那個／這個 人／學生／老師／老師 是誰？

4. 那個／這個 女孩／女學生／女老師／女老師 是誰？

٥ - | أَنَا | طَالِبٌ .
|---|---|
| هُوَ | |
| أَنْتَ | |

٦- | أَنَا | طَالِبَةٌ .
|---|---|
| هِيَ | |
| أَنْتِ | |

٧ - | نَحْنُ | طُلاَّبٌ .
|---|---|
| هُمْ | |
| أَنْتُمْ | |

٨ - | نَحْنُ | طَالِبَاتٌ .
|---|---|
| هُنَّ | |
| أَنْتُنَّ | |

٩ -

أَنَا	أَدْرُسُ	أَعْرِفُ	أَفْهَمُ	أَقْرَأُ
أَنْتَ	تَدْرُسُ	تَعْرِفُ	تَفْهَمُ	تَقْرَأُ
هُوَ	يَدْرُسُ	يَعْرِفُ	يَفْهَمُ	يَقْرَأُ
هِيَ	تَدْرُسُ	تَعْرِفُ	تَفْهَمُ	تَقْرَأُ
نَحْنُ	نَدْرُسُ	نَعْرِفُ	نَفْهَمُ	نَقْرَأُ
أَنْتِ	تَدْرُسِينَ	تَعْرِفِينَ	تَفْهَمِينَ	تَقْرَئِينَ

5. | 我 / 他 / 你 | 是一位學生。

6. | 我 / 她 / 妳 | 是一位女學生。

7. | 我們 / 他們 / 你們 | 是學生。

8. | 我們 / 她們 / 妳們 | 是女學生。

9. 我　　學習　　知道　　了解　　唸

　　你　　學習　　知道　　了解　　唸

　　他　　學習　　知道　　了解　　唸

　　她　　學習　　知道　　了解　　唸

　　我們　學習　　知道　　了解　　唸

　　妳　　學習　　知道　　了解　　唸

١٠ - أَنْتُمْ	تَدْرُسُونَ	تَعْرِفُونَ	تَفْهَمُونَ	تَقْرَؤُونَ
هُمْ	يَدْرُسُونَ	يَعْرِفُونَ	يَفْهَمُونَ	يَقْرَؤُونَ
أَنْتُنَّ	تَدْرُسْنَ	تَعْرِفْنَ	تَفْهَمْنَ	تَقْرَأْنَ
هُنَّ	يَدْرُسْنَ	يَعْرِفْنَ	يَفْهَمْنَ	يَقْرَأْنَ

١١ - رُبَّمَا	هُوَ طَالِبٌ يَدْرُسُ	الْعَرَبِيَّةَ	فِي هَذِهِ الْجَامِعَةِ .
	هِيَ طَالِبَةٌ تَدْرُسُ	الإِنْجِلِيزِيَّةَ	
	هُمْ طُلاَّبٌ يَدْرُسُونَ	الصِّينِيَّةَ	
	هُنَّ طَالِبَاتٌ يَدْرُسْنَ		

10. 你們　　　學習　　　知道　　　了解　　　唸

　　他們　　　學習　　　知道　　　了解　　　唸

　　妳們　　　學習　　　知道　　　了解　　　唸

　　她們　　　學習　　　知道　　　了解　　　唸

11. 也許 他是一位學生在這所大學學習　　阿拉伯文。

　　　　她是一位女學生在這所大學學習　　英文。

　　　　他們是學生在這所大學學習　　　　中文。

　　　　她們是學生在這所大學學習

الأسئلة والأجوبة

١ - مَنْ أَنْتَ ؟
أنا سامي .

٢ - مَنْ ذَلِكَ هُنَاكَ ؟
هُوَ خالد وَهُوَ طَالِبٌ .

٣ - هَلْ ذَلِكَ الرَّجُلُ طَالِبٌ أَيْضًا ؟
لا ، ذَلِكَ الرَّجُلُ لَيْسَ طَالِبًا ، هُوَ مُدَرِّسٌ .

٤ - مَنْ تِلْكَ البِنْتُ هُنَاكَ ؟
هِيَ مُدَرِّسَةٌ في هَذِهِ الجَامِعَةِ .

٥ - ذَلِكَ الرَّجُلُ لَيْسَ مُدَرِّسًا ، أَ لَيْسَ كَذَلِكَ ؟
بَلَى ، هُوَ مُدَرِّسٌ .

٦ - مَنْ هَؤُلاءِ ؟
هَؤُلاءِ طُلَّابٌ يَدْرُسُونَ هُنا .

٧ - هَلْ أُولَائِكَ طَالِبَاتٌ أَيْضًا ؟
نَعَمْ ، أُولَائِكَ طَالِبَاتٌ يَدْرُسْنَ العَرَبِيَّةَ هُنَا .

٨ - مَنْ أُولَائِكَ البَنَاتُ ؟
لا أَعْرِفُ ، رُبَّمَا هُنَّ طَالِبَاتٌ أَيْضًا .

٩ - هَلْ هَؤُلاءِ الرِّجَالُ مُعَلِّمُونَ أَوْ طُلَّابٌ ؟
لا أَعْرِفُ جَيِّدًا ، رُبَّمَا هُمْ طُلَّابٌ .

問與答

1. 你是誰?

   我是撒米。

2. 那邊那位是誰?

   他是哈立德,是位學生。

3. 那位男士也是學生嗎?

   不,那位男士不是學生,他是老師。

4. 那邊那位女孩是誰?

   她是這所大學的老師。

5. 那位男士不是老師,對嗎?

   不對,他是老師

6. 這些人是誰?

   這些人是在這兒唸書的學生。

7. 那些人也是(女)學生嗎?

   是的,那些人是在這兒學習阿拉伯文的學生。

8. 那些女孩是誰?

   我不知道,也許她們是學生。

9. 這些男士是老師還是學生?

   我不太知道,也許是學生吧。

المحادثة

١- مَرْحَبًا . أنا سامي .

أهْلاً وَسَهْلاً ، أنا خالدٌ .

هَلْ أنْتَ طالِبٌ فِي هَذِهِ الْجامِعَةِ ؟ يا خالِدُ .

لاَ ، أنَا لَسْتُ طالِبًا ، أنَا مُعَلِّمٌ فِي هَذِهِ الْجامِعَةِ .

مَنْ تِلْكَ الْبِنْتُ هُنَاكَ ؟

لا أعْرِفُ مَنّ تِلْكَ الْبِنْتُ .

هَلْ هِيَ مُعَلِّمَةٌ أوْ طَالِبَةٌ ؟

لا أعْرِفُ جَيِّداً ، رُبَّما هِيَ طالِبَةٌ .

٢ - مَنْ أنْتِ ؟

أنَا سامِيةُ ، وَأنَا طالِبَةٌ فِي هَذِهِ الْجامِعَةِ .

مَنْ ذَلِكَ الرَّجُلُ هُناكَ ؟

هُوَ صَدِيقِي وَاسْمُهُ حَسَنٌ .

هَلْ هُوَ طالِبٌ ؟

لا ، هُوَ مُعَلِّمٌ فِي هَذِهِ الْجامِعَةِ .

مَنْ أولاَئِكَ الرِّجالُ ؟

هُمْ مُعَلِّمُونَ في هذه الْجامِعَةِ أيْضًا .

會話

1. 你好,我是撒米。

    歡迎,歡迎!我是哈立德。

    哈立德,你是這所大學的學生嗎?

    不,我不是學生,我是這所大學的老師。

    那邊那位女孩是誰?

    我不知道那位女孩是誰。

    她是學生還是老師呢?

    我不太知道,也許是學生吧。

2. 妳是誰?

    我是撒米亞,這所大學的學生。

    那邊那位男士是誰?

    他是我的朋友,他叫哈珊。

    他是位學生嗎?

    不,他是這所大學的老師。

    那些男士是誰?

    他們也是這所大學的老師。

٣ - صَباحَ الْخَيْرِ .

صَباحَ النُّورِ .

هَلْ تِلْكَ الْبِنْتُ طالِبَةٌ ؟

نَعَمْ ، هِيَ طالِبَةٌ في هذه الْجامِعَةِ .

هَلْ هِيَ تَدْرُسُ الْعَرَبِيَّةَ أو الانْجِليزِيَّةَ ؟

هِيَ تَدْرُسُ الْعَرَبِيَّةَ .

٤ - مَساءَ الْخَيْرِ ، يا خالِدُ .

مَساءَ النُّورِ ، يا فريدُ .

هَلْ أنْتَ طالبٌ في الجامعةِ ؟

نَعَمْ ، أنا طالبٌ في هذه الجامعةِ .

هَلْ تَدْرُسُ الْعَرَبِيَّةَ فيها ؟

لا ، أدْرُسُ الصِّينِيَّةَ فِيهَا .

مَنْ هذا الرَّجُلُ ؟

هُوَ صَدِيقِي .

هَلْ هو يَدْرُسُ الصِّينِيَّةَ مَعَكَ أيْضًا ؟

لا ، هو يَدْرُسُ الإنجليزِيَّةَ في هذه الْجامِعَةِ .

3. 早安!

   早安!

   那位女孩是位學生嗎?

   是的,她是這所大學的學生。

   她學阿拉伯文還是英文?

   她學阿拉伯文。

4. 晚安!

   晚安!

   你是這所大學的學生嗎?

   是的,我是這所大學的學生。

   你在大學學阿拉伯文嗎?

   不是,我在大學學中文。

   那個人是誰?

   他是我的朋友。

   他也跟你一起學中文嗎?

   不,他在這所大學學中文。

٥ - مَرْحَبًا ، يا سَيِّدُ حسَنٍ .
أهْلاً وَسَهْلاً ، يا سَيِّدُ سامي .
هَلْ صَدِيقُكَ خالدٌ يَدْرُسُ مَعَكَ في هذه الْجامعةِ ؟
لا ، هو يَدْرُسُ في تِلْكَ الجامعةِ .
هَلْ هو يَعْرِفُ الْعَرَبِيَّةَ ؟
لا ، هو لا يَعْرِفُ العربيّةَ ، ولَكِنْ يَعْرِفُ الإنْجلِيزِيَّةَ جَيِّداً .
هَلْ هو يَدْرُسُ الإنْجلِيزِيَّةَ هُناكَ ؟
لا ، يَدْرُسُ الصِّينِيَّةَ هُنَاكَ .
كَيْفَ يَعْرِفُ الإنْجلِيزِيَّةَ جَيِّداً ؟
هُوَ طالِبٌ جَيِّدٌ .
هَلْ أنْتَ تَفْهَمُ الإنْجلِيزِيَّةَ أيضًا ؟
نَعَمْ ، أفْهَمُ الإنْجلِيزِيَّةَ .
هَلْ صَدِيقُكَ خَالِدٌ يَدْرُسُ الْعَرَبِيَّةَ فِي هَذِهِ الْجَامِعَةِ أَيْضًا ؟
لا ، هُوَ يَدْرُسُ الصِّينِيَّةَ فِي تِلْكَ الْجامعةِ .
هَلْ صَدِيقَتُكَ سَامِيةُ تَدْرُسُ الصِّينِيَّةَ أَيْضًا ؟
نَعَمْ ، هِيَ تَدْرُسُ الصِّينِيَّةَ أَيْضًا فِي هَذِهِ الْجامعةِ .
هَلْ هِيَ تَعْرِفُ الْعَرَبِيَّةَ ؟
لا ، هِيَ لاَ تَعْرِفُ الْعَرَبِيَّةَ .

5. 哈珊先生，你好！

撒米先生，歡迎！

你的朋友哈立德跟你一起在這所大學唸書嗎？

不，他在那所大學唸書。

他會阿拉伯文嗎？

不，他不會阿拉伯文，但是他的英文很好。

他在那邊學英文的嗎？

不，他在那邊學中文。

他英文怎麼會那麼好？

他是位好學生。

你也懂英文嗎？

是的，我也會英文。

你的朋友哈立德也在這所大學唸阿拉伯文嗎？

不，他在那所大學唸中文。

你的朋友撒米亞也在這所大學唸中文嗎？

是啊，她也在這所大學唸中文。

她會阿拉伯文嗎？

不，她不會阿拉伯文。

單字解釋 المفردات

男人	أَلرَّجُلُ	男學生（複數）	طُلاَّبٌ
朋友（男）	صَدِيقٌ	女學生（複數）	طَالِبَاتٌ
（男人名）哈珊	حَسَنٌ	學習	يَدْرُسُ
我的朋友（女）	صَدِيقَتِي	在（介係詞）	فِي
女孩（複數）	أَلْبَنَاتُ	我知道	أَعْرِفُ
那些人	أُولاَئِكَ		
男老師（複數）	مُعَلِّمُونَ		
你們	أَنْتُمْ		
我們	نَحْنُ		
大學	أَلْجَامِعَةُ		
男人（複數）	أَلرِّجَالُ		
我的朋友（男）	صَدِيقِي		
朋友（女）	صَدِيقَةٌ		
女孩	أَلْبِنْتُ		
這些人	هَؤُلاَءِ		

單字解釋 — المفردات

也許	رُبَّمَا
英文	ألإنْجِلِيزِيَّةُ
她們	هُنَّ

الدَّرْسُ السَّادِسُ   أَيَّامُ الأُسْبُوعِ

١ -   فِي أَيِّ يَوْمٍ نَحْنُ الآنَ ؟

٢ -   نَحْنُ الآنَ فِي يَوْمِ الأَحَدِ ؟

٣ -   أَيُّ يَوْمٍ كَانَ أَمْسِ ؟

٤ -   أَمْسِ كَانَ يَوْمَ السَّبْتِ .

٥ -   أَيُّ يَوْمٍ هُوَ غَدًا ؟

٦ -   غَدًا هُوَ يَوْمُ الإِثْنَيْنِ .

٧ -   هَلْ عِنْدَكَ دَرْسٌ يَوْمَ الثُّلَاثَاءِ ؟

٨ -   نَعَمْ ، عِنْدِي دَرْسٌ يَوْمَ الثُّلَاثَاءِ .

٩ -   أَيُّ يَوْمٍ هُوَ بَعْدَ غَدٍ ؟

١٠ - بَعْدَ غَدٍ هُوَ يَوْمُ الأَرْبِعَاءِ .

١١ - هَلْ سَتَذْهَبُ إِلَى الْمَدْرَسَةِ يَوْمَ الْخَمِيسِ ؟

١٢ - نَعَمْ ، سَأَذْهَبُ إِلَى الْمَدْرَسَةِ يَوْمَ الْخَمِيسِ .

١٣ - هَلْ يَوْمُ الْجُمْعَةِ هُوَ يَوْمُ عُطْلَةٍ عِنْدَكُمْ ؟

١٤ - لَا ، يَوْمُ الْجُمْعَةِ لَيْسَ يَوْمَ عُطْلَةٍ عِنْدَنَا .

١٥ - مَاذَا تَعْمَلُ فِي نِهَايَةِ الأُسْبُوعِ ؟

١٦ - سَأَبْقَى فِي الْبَيْتِ فِي نِهَايَةِ الأُسْبُوعِ .

第六課 星期

1. 今天是星期幾?
2. 今天是星期日。
3. 昨天是星期幾?
4. 昨天是星期六。
5. 明天是星期幾?
6. 明天是星期一。
7. 星期二你有課嗎?
8. 有啊,星期二我有課。
9. 後天是星期幾?
10. 後天是星期四。
11. 星期四你要上學嗎?。
12. 要啊,星期四我要上學。
13. 星期五你們放假嗎?
14. 沒有,星期五我們不放假。
15. 週末你要做什麼?
16. 週末我將待在家裡。

تدريب للبديل

١ - فِي أيِّ يَوْمٍ نَحْنُ | الأنَ / الْيَوْمَ | ؟

٢ - نَحْنُ الآنَ فِي يَوْمِ | الأحَدِ / الإثْنَيْنِ / الثُّلاَثَاءِ / الأرْبَعَاءِ / الْخَمِيسِ / الْجُمْعَةِ / السَّبْتِ |

٣ - أيَّ يَوْمٍ كَانَ | أمْسِ / أوَّلُ أمْسِ | .

٤ - أيُّ يَوْمٍ هُوَ | غَـداً / بَعْدَ غَـدٍ | .

句型

1. | 現在 |　是星期幾？
   | 今天 |　是星期幾？

2. 今天是 | 星期日。
         | 星期一。
         | 星期二。
         | 星期三。
         | 星期四。
         | 星期五。
         | 星期六。

3. | 昨天 |　是星期幾？
   | 前天 |

4. | 明天 |　是星期幾？
   | 後天 |

٥ - مَاذَا تَعْمَلُ | يَوْمَ الإِثْنَيْنِ | ؟
| فِي نِهَايَةِ الأُسْبُوعِ
| يَوْمَ العُطْلَةِ
| هَذَا الأُسْبُوعَ
| اليَوْمَ
| يَوْمَ غَدٍ

٦ - هَلْ سَتَذْهَبُ إِلَى المَدْرَسَةِ | يَوْمَ الخَمِيسِ | ؟
| مَسَاءَ اليَوْمِ
| صَبَاحَ غَدٍ
| صَبَاحَ الخَمِيسِ
| مَسَاءَ الخَمِيسِ

5.
| 星期一 |
| 週末 |
| 假日 |
| 這個星期 |
| 今天 |
| 明天 |

你要做什麼？

6.
| 星期四 |
| 今天晚上 |
| 明天早上 |
| 星期四早上 |
| 星期四晚上 |

你要上學嗎？

٧ - سَأَبْقَى فِي | الْبَيْتِ | فِي نِهَايَةِ الْأُسْبُوعِ .
| الْمَدْرَسَةِ |
| الْجَامِعَةِ |
| بَيْتِ صَدِيقِي |

٨ - هَلْ | عِنْدَكَ | دَرْسٌ يَوْمَ الثُّلَاثَاءِ ؟
| عِنْدَكِ |
| عِنْدَهُ |
| عِنْدَهَا |
| عِنْدَكُمْ |
| عِنْدَهُمْ |
| عِنْدَنَا |

7. 週末我將待在 | 家裡 | 。
　　　　　　　| 學校 |
　　　　　　　| 大學 |
　　　　　　　| 朋友家 |

8. 星期二 | 你有 | 課嗎？
　　　　　| 妳有 |
　　　　　| 他有 |
　　　　　| 她有 |
　　　　　| 你們有 |
　　　　　| 他們有 |
　　　　　| 我們有 |

الأسئلة والأجوبة

١ - فِي أيِّ يَوْمٍ نَحْنُ الآنَ ؟

نَحْنُ الآنَ في يَوْمِ الأرْبِعَاءِ .

٢ - أيُّ يَوْمٍ هُوَ غَداً ؟

غَداً هُوَ يَوْمُ الْخَمِيسِ .

٣ - أيُّ يَوْمٍ هُوَ بَعْدَ غَدٍ ؟

بَعْدَ غَدٍ هُوَ يَوْمُ الْجُمْعَةِ .

٤ - أيُّ يَوْمٍ كَانَ أمْسِ ؟

أمْسِ كانَ يَوْمَ الثُّلاَثَاءِ .

٥ - أيُّ يَوْمٍ كانَ أوَّلُ أمْسِ ؟

أوَّلُ أمْسِ كانَ يَوْمَ الإثْنَيْنِ .

٦ - أيُّ يَوْمٍ عِنْدَكَ عُطْلَةٌ ؟

عِنْدِي عُطْلَةٌ بَعْدَ غَدٍ .

問與答

1. 今天是星期幾？

   今天是星期三。

2. 明天是星期幾？

   明天是星期四。

3. 後天是星期幾？

   後天是星期五。

4. 昨天是星期幾？

   昨天是星期二。

5. 前天是星期幾？

   前天是星期一。

6. 你哪一天放假？

   後天我放假。

٧ - هَلْ عِنْدَكَ دَرْسٌ صَبَاحَ يَوْمِ الإِثْنَينِ ؟

لا ، مَا عِنْدِي دَرْسٌ فِي صَبَاحِ يَوْمِ الإِثْنَينِ .

٨ - أيُّ يَوْمٍ مَا عِنْدكُمْ دَرْسٌ في الْجامِعَةِ ؟

مَا عِنْدَنَا دَرْسٌ فِي يَوْمِ الثُّلاَثَاءِ ، كَذلِكَ يَوْمِ الْخَمِيسِ .

٩ - هَلْ ستَذْهَبِينَ إِلَى الْمَدْرَسَةِ يَوْمَ الأَحَدِ ؟ يا سامِيةُ .

لا ، يَوْمُ الأَحَدِ هُوَ يَوْمُ عُطْلَةٍ ، مَا عِنْدِي دَرْسٌ فِي الْجامِعَةِ .

١٠- مَاذا تَعْمَلِينَ فِي يَوْمِ عُطْلَةٍ ؟

أَبْقَى فِي الْبَيْتِ وَأَدْرُسُ الْعَرَبِيَّةَ .

١١ - هَلْ عِنْدَكُمْ مَدْرَسَةٌ فِي يَوْمَيْ السَّبْتِ وَالأَحَدِ ؟

لا ، مَا عِنْدَنَا مَدْرَسَةٌ فِي يَوْمِ السَّبْتِ وَلاَ الأَحَدِ .

١٢ - إِلَى أَيْنَ تَذْهَبُ فِي نِهَايَةِ هَذَا الأُسْبُوعِ ؟

سَأَذْهَبُ إِلَى بَيْتِ صَدِيقِي وَأَدْرُسُ مَعَهُ الْعَرَبِيَّةَ .

١٣ - هَلْ سَتَبْقَى فِي بَيْتِهِ إِلَى يَوْمِ الأَحَدِ ؟

نَعَمْ ، سَأَبْقَى فِى بَيْتِهِ إِلَى يَوْمِ الأَحَد .

7. 星期一早上你有課嗎？

   沒有，星期一早上我沒有課。

8. 星期幾你們在大學沒課？

   星期二我們沒課，星期四也沒有。

9. 撒米亞，星期日妳要上學嗎？

   不必，星期日放假，我在大學沒課。

10. 假日妳做什麼？

    我待在家裡唸阿拉伯文。

11. 星期六與星期日你們要上學嗎？

    不必，星期六與星期日我們不必上學。

12. 這個週末你要去那兒？

    我將去我朋友家跟他一塊唸阿拉伯文。

13. 你要在他家一直待到星期日嗎？

    是啊，我要在他家一直待到星期日。

١٤ - هَلْ عِنْدَكَ دُرُوسٌ عَرَبِيَّةٌ فى الْجامِعَةِ يَوْمَ الإثْنَيْنِ ؟

لاَ ، عِنْدِي دُرُوسٌ إنْجِلِيزِيَّةٌ فَقَطْ يَوْمَ الإثْنَيْنِ . （只有，僅）

١٥ - مَاذَا تَعْمَلُ عَادَةً يَوْمَ الْجُمْعَةِ ؟ （通常）

لاَ أَعْمَلُ شَيْئًا يَوْمَ الْجُمْعَةِ وَمَا عِنْدِي مَدْرَسَةٌ فِي ذَلِكَ الْيَوْمِ .

١٦ - هَلْ يَوْمُ الْجُمْعَةِ هُوَ يَوْمُ عُطْلَةٍ عِنْدَكُمْ ؟

لا ، يَوْمُ الأحَدِ هُوَ يَوْمُ عُطْلَةٍ عِنْدَنا .

١٧ - كَيْفَ يَوْمُ السَّبْتِ ؟

هُوَ نِهَايَةُ الأُسْبُوعِ .

14. 星期一你在大學有阿拉伯文課嗎?

　　沒有,星期一只有英文課。

15. 通常你星期五做什麼?

　　星期五我什麼都沒做,那一天我也不上學。

16. 星期五你們那邊放假嗎?

　　不,星期日我們這邊才放假。

17. 星期六呢?

　　星期六是週末。

المحادثة

١ - فى أيِّ يَوْمٍ نَحْنُ الآنَ ؟ يا سامي .

نَحْنُ الأنَ فِي يَوْمِ السَّبْتِ .

يَوْمُ غَدٍ هُوَ يَوْمُ عُطْلَةٍ ، إلَى أيْنَ سَتَذْهَبُ ؟

سَأذْهَبُ إلِى الْجامِعَةِ .

مَاذَا تَعْمَلُ هُنَاكَ ؟

سَأدْرُسُ الْعَرَبِيَّةَ مَعَ صَدِيقِي هُنَاكَ .

مَنْ هُوَ ؟

هُوَ فَرِيدٌ .

هَلْ صَدِيقُنَا خالدٌ سَيَذْهَبُ مَعَكَ ؟

لا ، هُوَ سَيَبْقَى فى الْبَيْتِ .

會話

1. 撒米,今天是星期幾?

   今天是星期六。

   明天放'假,你要去那兒?

   我要去學校。

   你去做什麼?

   我要跟我的朋友在那兒唸阿文。

   他是誰?

   他是法立德。

   我們的朋友哈立德也要跟你一塊去嗎?

   不,他將待在家裡。

٢ -   صَبَاحَ الْخَيْرِ ، يا سامِيةُ .

صَبَاحَ النُّورِ ، يا فَرِيدُ .

أَيُّ يَوْمٍ هُوَ غَدًا ؟

غَدًا هَوُ السَّبْتُ .

هَلْ سَتَذْهَبِينَ إِلَى الْمَدْرَسَةِ غَدًا ؟

نَعَمْ ، سَأَذْهَبُ إِلَى الْمَدْرَسَةِ غَدًا .

أَ لَيْسَ يَوْمُ غَدٍ هُوَ نِهَايَةُ الْأُسْبُوعِ ؟

بَلِى ، وَلَكِنْ عِنْدِي دَرْسٌ صَبَاحَ يَوْمِ غَدٍ .

مَاذَا تَعْمَلِينَ بَعْدَ الدَّرْسِ ؟

سَأَذْهَبُ إِلَى بَيْتِ صَدِيقَتِي فَرِيدَةَ .

2. 撒米亞，早！

   法立德，早！

   明天是星期幾？

   明天是星期六。

   妳明天要上學嗎？

   要，我明天要去學校。

   明天不是週末嗎？

   對，但是明天早上我有課。

   下課後妳要做什麼？

   我要到我的朋友法立達家。

٣ - مَرْحَبًا ، يا حَسَنُ .

أهْلاً وَسَهْلاً ، يا خالدُ .

هَلْ نَحْنُ الْيَوْمَ فِي يَوْمِ الأحَدِ ؟

لا ، نَحْنُ الْيَوْمَ في يَوْمِ السَّبْتِ .

أيْنَ تَذْهَبُ بَعْدَ الْمَدْرَسَةِ ؟

سَأذْهَبُ إلَى الْبَيْتِ بَعْدَ الْمَدْرَسَةِ .

أ لاَ تَبْقَى في الْمَدْرَسَةِ بَعْدَ الْدَّرْسِ ؟

نَعَمْ ، لاَ أبْقَى في الْمَدْرَسَةِ .

مَاذا تَعْمَلُ فِي الْبَيْتِ ؟

سَأدْرُسُ الْعَرَبِيَّةَ وَالإنْجِلِيزِيَّةَ .

3. 哈珊，你好。

   哈立德，你好。

   今天是星期天嗎？

   不是，今天是星期六。

   放學後你要去那兒？

   下課後我就回家。

   下課後你不留在學校嗎？

   是啊，我不留在學校。

   你在家做什麼？

   我要唸阿拉伯文跟英文。

٤ - هَلْ عِنْدَكَ دَرْسٌ فِي صَبَاحِ يَوْمِ الأَرْبِعَاءِ ؟

نَعَمْ ، عِنْدِي دَرْسٌ صَبَاحَ يَوْمِ الأَرْبِعَاءِ .

أَيُّ يَوْمٍ مِنْ الأَسْبُوعِ مَا عِنْدَكَ دَرْسٌ ؟

يَوْمُ السَّبْتِ وَيَوْمُ الأَحَدِ مَا عِنْدِي دَرْسٌ .

هَلْ يَوْمُ الأَحَدِ هُوَ يَوْمُ عُطْلَةٌ ؟

نَعَمْ ، الأَحَدُ هُوَ يَوْمُ عُطْلَةٍ .

وكَيْفَ يَوْمُ السَّبْتِ ؟

يَوْمُ السَّبْتِ هُوَ نِهَايَةُ الأُسْبُوعِ ، وَمَا عِنْدِي دَرْسٌ فِي الْمَسَاءِ أَيْضًا .

وكَيْفَ يَوْمُ الْجُمْعَةِ ؟

يَوْمُ الْجُمْعَةِ لَيْسَ يَوْمَ عُطْلَةٍ عِنْدَنَا .

إِلَى أَيْنَ سَتَذْهَبُ غَداً ؟

سَأَذْهَبُ إِلَى بَيْتِ صَدِيقِي حَسَنٍ .

مَاذَا تَعْمَلُ هُنَاكَ ؟

أَدْرُسُ الْعَرَبِيَّةَ مَعَهُ لأَنَّنِي لاَ أَفْهَمُ الدَّرْسَ جَيِّداً . （因為我）

4. 星期三早上你有課嗎?

　　有啊,星期三早上我有課。

　　一星期當中哪一天你沒課?

　　星期六和星期天我沒課。

　　星期天放假嗎?

　　是啊,星期天放假。

　　星期六呢?

　　星期六是週末,下午我也沒課。

　　星期五呢?

　　星期五我們這兒並非假日。

　　明天你要去那兒?

　　我要去我朋友哈珊家。

　　去那邊做什麼?

　　我要跟他一塊唸阿拉伯文,因為我對課文還不太了解。

هَلْ سَتَبْقِى فِي بَيْتِهِ إِلَى الْمَسَاءِ ؟

لاَ أَعْرِفُ جَيِّداً ، رُبَّمَا أَبْقَى إِلَى الْمَسَاءِ .

هَلْ تَذْهَبُ مَعِي إِلَي بَيْتِهِ .

لا ، شُكْرَاً ، لاَ أَذْهَبُ مَعَكَ .

هَلْ سَتَبْقَى فِى الْبَيْتِ ؟

لا أَعْرِفُ الآنَ .

طَيِّبٌ ، إِلَى اللِقَاءِ .

مَعَ السَّلاَمَـةِ .

你要在他家待到晚上嗎?

我不太知道,也許會待到晚上吧。

你要跟我一塊去他家嗎?

不,謝謝,我不跟你一塊去。

你將待在家裡嗎?

現在我還不知道。

好吧,再見。

再見。

單字解釋 المفردات

哪一個？	أَيٌّ	功課；課程	دَرْسٌ
現在	الآنَ	後天	بَعْدَ غَدٍ
星期一	الإِثْنَيْنِ	學校	الْمَدْرَسَةُ
星期三	الأَرْبِعَاءُ	什麼？	مَاذَا
星期五	الْجُمُعَةُ		
昨天	أَمْسِ		
你有	عِنْدَكَ		
在……後	بَعْدَ		
你去	تَذْهَبُ		
假日	عُطْلَةٌ		
一天	الأَحَدُ		
星期日	الثُّلاَثَاءُ		
星期四	الْخَمِيسُ		
星期六	السَّبْتُ		
明天	غَدًا		

單字解釋 المفردات

你做	تَعْمَلُ
我將待	سَأَبْقَى
只；僅	فَقَطْ
週末	نِهَايَةُ الأُسْبُوعِ
家	الْبَيْتُ
因為我	لأَنَّنِي

الدرس السَّابِعُ　　　الأَشْهُرُ فِي السَّـنَـةِ

١ - مَا هِيَ الأَشْهُرُ في السَّـنَـةِ ؟

٢ - الأَشْهُرُ فِي السَّـنَـةِ هِيَ :

١ - يَنَايِرُ	كَانُونُ الثَّانِي
٢ - فِبْرَايِرُ	شُبَّـاطُ
٣ - مَـارِسُ	آذَارُ
٤ - إِبْرِيـلُ	نَيْسَـانُ
٥ - مَـايُو	أَيَّـارُ
٦ - يُـونِيُو	حُزَيْـرَانُ
٧ - يُـولِيُـو	تَمُوزُ
٨ - أَغُـسْطُسُ	آبُ
٩ - سَبْتَمْبَرُ	أَيْلُولُ
١٠ - أُكْتُوبَرُ	تِشْرِينُ الأَوَّلُ
١١ - نُوفَمْبَرُ	تِشْرِينُ الثَّـانِي
١٢ - دِيسَمْبَرُ	كَانُونُ الأَوَّلُ

٣ - أَيْنَ كُنْتَ فِي الشَهْرِ الْمَاضِي ؟

٤ - كُنْتُ فِي تَايْبِيْهَ .

٥ - أَيْنَ سَتَكُونُ فِي الشَّهْرِ الْقَادِمِ ؟

٦ - سَأَرْجِعُ إِلَى الْبَيْتِ فِي كَاوْشِيُونْغَ .

٧ - هَلْ رَأَيْتَ صَدِيقِي حَسَنًا قَبْلَ شَهْرٍ ؟

٨ - لا ، مَا رَأَيْتُهُ قَبْلَ شَهْرٍ ، وَلَكِنْ سَأَرَاهُ بَعْدَ أُسْبُوعٍ .

第七課　月份

1. 一年中的月份是那些？
2. 一年的月份是：

   一月

   二月

   三月

   四月

   五月

   六月

   七月

   八月

   九月

   十月

   十一月

   十二月
3. 上個月你人在那兒？
4. 我在台北。
5. 下個月你會在哪兒？
6. 我將回到高雄家。
7. 一個月前你有沒有看到我的朋友哈珊？
8. 沒有，一個月前我沒看過他，但是，下個星期我會去看他。

تدريب للبديل

١ - أيْنَ كُنْتَ فِي الشَّهْرِ الْمَاضِي ؟
كُنْتُمْ
كُنْتِ
كُنْتُنَّ

٢ - أيْنَ كُنْتَ فِي الشَّهْرِ الْمَاضِي ؟
فِي الأُسْبُوعِ الْمَاضِي
فِي يَوْمِ الأَحَدِ الْمَاضِي
فِي الأَحَدِ الْمَاضِي
يَوْمَ أَمْسِ
أَوَّلَ أَمْسِ
قَبْلَ أُسْبُوعٍ
قَبْلَ شَهْرٍ
فِي الأُسْبُوعِ قَبْلَ الْمَاضِي
يَوْمَ الأَحَدِ قَبْلَ الْمَاضِي

句型

1. 上個月 | 你 / 你們 / 妳 / 妳們 | 在哪兒？

2. | 上個月 / 上個禮拜 / 上個禮拜天 / 上個禮拜天 / 昨天 / 前天 / 一個禮拜前 / 一個月前 / 上上個禮拜 / 上上個禮拜天 | 你在哪兒？

٣- كُنْتُ فِي تَايْبِيْهَ .
كَاوْشْيُونْغَ
الْبَيْتِ
الْمَدْرَسَةِ
الْجَامِعَةِ
بَيْتِ صَدِيقِي

٤- أَيْنَ سَتَكُونُ فِي الشَّهْرِ الْقَادِمِ ؟
فِي الْأُسْبُوعِ الْقَادِمِ
فِي يَوْمِ الْأَحَدِ الْقَادِمِ
بَعْدَ أُسْبُوعٍ
بَعْدَ الْأُسْبُوعِ الْقَادِمِ
فِي الْأُسْبُوعِ بَعْدَ الْقَادِمِ
بَعْدَ الشَّهْرِ الْقَادِمِ
فِي الشَّهْرِ بَعْدَ الْقَادِمِ

3. 我在 | 台北　　　　|。
　　　　| 高雄　　　　|
　　　　| 家　　　　　|
　　　　| 學校　　　　|
　　　　| 大學　　　　|
　　　　| 我朋友的家　|

4. | 下個月　　　　| 你會在哪兒？
　　| 下個禮拜　　　|
　　| 一個禮拜後　　|
　　| 下下個禮拜後　|
　　| 下下禮拜　　　|
　　| 一個月後　　　|
　　| 下下個月　　　|

٥ - أَيْنَ | سَتَكُونُ | فِي الشَّهْرِ الْقَادِمِ ؟
سَيَكُونُ
سَنَكُونُ
سَتَكُونِينَ

٦ - هَلْ | رَأَيْتَ | صَدِيقِي حَسَنًا قَبْلَ شَهْرٍ ؟
رَأَيْتُمْ
رَأَيْتِ
رَأَيْتُنَّ
رَأَى
رَأَوْا
رَأَتْ
رَأَيْنَ

5. 下個月 | 你 / 他會 / 我們 / 妳 | 會在哪兒？

6. 一個月前 | 你 / 你們 / 妳 / 妳們 / 他 / 他們 / 她 / 她們 | 有沒有看到我的朋友哈珊？

٧ - | سَأَرَاهُ | بَعْدَ شَهْرٍ .
|---|---|
| | سَتَرَاهُ |
| | سَتَرَوْنَهُ |
| | سَتَرِينَهُ |
| | سَيَرَاهُ |
| | سَيَرَوْنَهُ |
| | سَنَرَاهُ |

٨ - | سَأَرْجِعُ | إِلَى الْبَيْتِ فِي كاوشيونغَ .
|---|---|
| | سَنَرْجِعُ |
| | سَيَرْجِعُ |
| | سَتَرْجِعُ |
| | سَيَرْجِعُونَ |
| | سَتَرْجِعُونَ |
| | سَتَرْجِعِينَ |

7. 一個月後 | 我 / 你 / 你們 / 妳 / 他 / 他 / 我們 | 會看到他。

8. | 我 / 我們 / 他將 / 你、她將 / 他們 / 你們 / 妳 | 將回高雄的家。

الأسئلة والأجوبة

١ - فِي أيِّ شَهْرٍ نَحْنُ الآنَ ؟

نَحْنُ فِي شَهْرِ يُنَايِرَ (كَانُونَ الثَّانِي) الآنَ .

٢ - هَلِ الشَّهْرُ الْمَاضِي كَانَ شَهْرَ فِبْرَايِرَ (شُبَّاطَ) ؟

لا ، الشَّهْرُ الْمَاضِي كَانَ هُوَ شَهْرُ مَارِسَ (آذارَ) .

٣ - هَلِ الشَّهْرُ الْقَادِمُ هُوَ شَهْرُ إبْرِيلَ (نَيْسانَ) ؟

لا ، الشَّهْرُ الْقَادِمُ هُوَ شَهْرُ يُونِيو (حُزَيْرَانَ) .

٤ - هَلْ سَنَبْدَأُ الْعُطْلَةَ مِنْ شَهْرِ يُولِيو (تَمُوزَ) ؟

لا ، سَنَبْدَأُ الْعُطْلَةَ مِنْ شَهْرِ أُغُسْطُسَ (آبَ) .

٥ - إلَى أيْنَ سَتَذْهَبُ فِي سَبْتَمْبِرَ (أيْلُولَ) الْقَادِمِ ؟

سَأذْهَبُ إلَى كَاوْشُيُونْغ .

٦ - فِي أيِّ شَهْرٍ سَنَبْدَأُ الدِّرَاسَةَ فِي الْجَامِعَةِ ؟

سَنَبْدَأُ فِي أُكْتُوبِرَ (تِشْرِينَ الأوَّلِ) .

٧ - إلَى أيْنَ سَتَذْهَبُ فِي نُوفَمْبِرَ (تِشْرِينَ الثَّانِي) ؟

سَأرْجِعُ إلَى بَيْتِي فِي تَايْبَيْه .

第七課

問與答

1. 現在是幾月?

   現在是一月。

2. 上個月是二月嗎?

   不是,上個月是三月。

3. 下個月是四月嗎?

   不是,下個月是六月。

4. 我們從七月開始放假嗎?

   不是,我們八月才開始放假。

5. 九月你要去哪兒?

   我將去高雄。

6. 大學在哪一個月開學?

   十月開學。

7. 十一月你要去哪兒?

   我將回台北的家。

٩ - هَلْ كُنْتَ فِي تَايْبَيْهَ أيْضًا فِي دِيسَمْبَرَ (كَانُونَ الأوَّلِ) الْمَاضِي ؟
لا ، كُنْتُ فى بَيْتِ صَدِيقِي حَسَنٍ فِي ذَلِكَ الشَّهْرِ .

١٠ - هَلْ رَأَيْتَ مُعَلِّمَنَا قَبْلَ أُسْبُوعٍ عِنْدَمَا كُنْتَ فِي كَاوْشُيُونْغَ ؟
لا ، مَا رَأَيْتُهُ وَلَكِنْ رَأَيْتُ صَدِيقَنَا خَالِداً هُنَاكَ .

١١ - هَلْ سَتَرْجِعُ إِلَى بَيْتِكَ في كاوشُيُونْغَ في الأسْبُوْعِ الْقادِمِ ؟
لا ، لَنْ أرْجِعَ إِلَى بَيْتِي بكاوشُيُونْغَ في الأَسْبُوعِ الْقادِمِ .

9. 十二月的時候你人在台北嗎？

　　不，那個月我是在我的朋友哈珊家。

10. 一個禮拜前你在高雄的時候有沒有看到我們的老師？

　　不，我沒見到他，但是我在那邊看見了我的朋友哈立德。

11. 下個禮拜你要回高雄的家嗎？

　　不要，下個禮拜我不回高雄的家。

المحادثة

١ - فى أيِّ شَهْرٍ نَحْنُ الآنَ يا سامي ؟

نَحْنُ فِي شَهْرِ يُنايرَ الآنَ .

أيْنَ كُنْتَ فِي الشَّهْرِ الْمَاضِي ؟

كُنْتُ هُنَا فِي الشَّهْرِ الْماضِي .

أمَا كُنْتَ في تايْبيْهَ في دِيسَمْبرَ (كانُونَ الأوَّلِ) الْماضِي ؟

نَعَمْ ، مَا كُنْتُ في تايْبَيْهَ ، كُنْتُ في كاوشيونغ في دِيسَمْبرَ الماضِي .

مَنْ كَانَ مَعَكَ في كاوشيونغ ؟

كانَ صَدِيقِي حَسَنُ مَعِي هُنَاكَ .

٢ - هَلْ كُنْتِ في الْمَدْرَسَةِ فِي الشَّهْرِ الْماضِي ؟ يا سامية .

أيَّ شَهْرٍ كَانَ الشَّهْرُ الْماضِيُ ؟ هَلِ الشَّهْرُ الْماضِيُ كانَ هُوَ فِبْرايِرُ ؟

نَعَمْ ، ألشَّهْرُ الْمَاضِي كَانَ هُوَ فِبْرايِرُ (شُبَّاطُ) ، أيْنَ كُنْتِ ؟

كُنْتُ في الْبَيْتِ .

會話

1. 撒米,現在是幾月?

   現在是一月。

   上個月你在哪兒?

   上個月我就在這兒。

   十二月你人不在台北嗎?

   對啊,我不在台北,十二月我在高雄。

   誰跟你一塊在高雄?

   我的朋友哈珊跟我在那兒。

2. 撒米亞,上個月妳在學校嗎?

   上個月是幾月?是二月嗎?

   是啊,上個月是二月,妳人在那兒?

   我在家啊。

وَأَيْنَ كُنْتِ فِي مَارِسَ (آذارَ) الْماضِي ؟ هَلْ كُنْتِ في الْبَيْتِ أَيْضًا ؟

لا ، في شَهْرِ مارِسَ (آذارَ) الْماضِي كُنْتُ فى الْجامِعَةِ .

هَلْ رَأَيْتِ فَرِيدَةَ في الْجامِعَةِ في الشَّهْرِ الْماضِي ؟

لا ، ما رَأَيْتُها ، هِيَ كانَتْ فِي بَيْتِهَا .

فى أَيِّ شَهْرٍ سَتَرْجِعِينَ إِلَى الْبَيْتِ ؟

سَأَرْجِعُ إِلَى الْبَيْتِ فِي شَهْرِ إِبْرِيلَ (نَيْسانَ) .

٣ - مَرْحَبًا ، يا سامِيةُ .

أَهْلاً وَسَهْلاً ، يا خالِدُ .

كَيْفَ حالُكِ الْيَوْمَ ؟

أَلْحَمْدُ لِلّـه ، بِخَيْرٍ .

هَلْ نَحْنُ الآنَ في شَهْرِ مايُو (أَيَّارَ) ؟

لا ، نَحْنُ الآنَ فِي شَهْرِ يُونِيُو (حُزَيْرانَ) .

فِي أَيِّ شَهْرٍ تَبْدَأُ الْعُطْلَةُ فِي الْجامِعَةِ ؟

تَبْدَأُ الْعُطْلَةُ مِنَ الشَّهْرِ الْقَادِمِ .

三月的時候妳在哪兒?也在家嗎?

不在,三月的時候我在大學。

上個月妳在大學裡有沒有看見法立達?

沒有,我沒看見她,那時她在家。

妳哪一個月要回家?

我四月才回家。

3. 撒米亞,妳好。

哈立德,你好。

你今天怎麼樣?

感謝真主,很好。

現在是五月嗎?

不是,現在是六月啦。

大學哪一個月放假?

從下個月開始就放假啦。

هَلْ سَتَرْجِعِينَ إلَى الْبَيْتِ أَوْ تَبْقَيْنَ في الْجامِعَةِ فِي الْعُطْلَةِ ؟

سَأَبْقَى فِي الْجامِعَةِ لِمُدَّةِ شَهْرٍ ، وَبَعْدَ ذَلِكَ أَرْجِعُ إلَى الْبَيْتِ .

ماذا سَتَعْمَلِينَ فى الْجامِعَةِ ؟

سَأَدْرُسُ الإنْجِلِيزِيَّةَ مَعَ صَدِيقَتِي فَرِيدَةَ .

فى أَيِّ شَهْرٍ سَتَرْجِعِينَ إلَى الْبَيْتِ ؟

سَأَرْجِعُ إلَى الْبَيْتِ فِي شَهْرِ سَبْتَمْبَرَ (أَيْلُولَ) .

٤ - إلَى أَيْنَ سَتَذْهَبُ في شَهْرِ يُولِيُو (تَمُوزَ) ؟ يا مُعَلِّمُ .

سَأَذْهَبُ إلَى كاوشيونغ وأَرَى صَدِيقِي خالداً هُنَاك .

هَلْ سَتَرْجِعُ مِنْ كاوشيونغ في أَغُسْطُسَ (آبَ) ؟

لا ، سَأَبْقِي هُناكَ إلَى شَهْرِ أَكْتُوبِرَ (تِشْرِينَ الأَوَّلِ) .

وَأَيْنَ سَتَكُونُ فى نُوفَمْبِرَ (تِشْرِينَ الثَّانِي) ؟

سَأَكُونُ فِي الْجامِعَةِ فِي ذَلِكَ الشَّهْرِ .

放假的時候，妳要回家還是留在學校？

我要留在學校一個月然後才回家。

妳在學校做什麼？

我要跟我的朋友法立達唸英文。

妳哪一個月才回家呢？

我要到九月才回家。

4. 老師，您七月要去哪兒？

我要去高雄看我的朋友哈立德。

您八月會從高雄回來嗎??

不會，我要一直待到十月。

十一月您會在哪兒？

那時候我會在大學。

單字解釋 المفردات

月份（複數）	ألأَشْهُرُ	年	ألسَّنَةُ
一月	يَنَايِرُ	一月	كَانُونُ الأَوَّلُ
二月	فِبْرَايِرُ	二月	شُبَّاطُ
三月	مَارِسُ	三月	آذَارُ
四月	إِبْرِيلُ	四月	نَيْسَانُ
五月	مَايُو	五月	أَيَّارُ
六月	يُونِيُو	六月	حُزَيْرَانُ
七月	يُولِيُو	七月	تَمُوزُ
八月	أَغُسْطُسُ	八月	آبُ
九月	سَبْتَمْبِرُ	九月	أَيْلُولُ
十月	أَكْتُوبِرُ	十月	تِشْرِينُ الأَوَّلُ
十一月	نُوفَمْبِرُ	十一月	تِشْرِينُ الثَّانِي
十二月	دِيسَمْبِرُ	十二月	كَانُونُ الأَوَّلُ

單字解釋 المفردات

那時我	كُنْتُ
台北	تَايْبَيْهْ
高雄	كَاوْشْيُونْغْ
家	أَلْبَيْتُ
一個月前	قَبْلَ شَهْرٍ
但是	وَلَكِنْ
一星期後	بَعْدَ أُسْبُوعٍ
上個月	أَلشَّهْرُ الْمَاضِي
下個月	أَلشَّهْرُ الْقَادِمُ
我將回來（去）	سَأَرْجِعُ
我的朋友	صَدِيقِي
我看見了	رَأَيْتُ
我將見到他	سَأَرَاهُ
我沒有看見他	مَا رَأَيْتُهُ

الدَّرْسُ الثَّامِنُ　أَلْعَدَدُ　第八課 數字

	أَلْمُذَكَّرُ（陽性）	أَلْمُؤَنَّثُ（陰性）
١ -	وَاحِدٌ	وَاحِدَةٌ
٢ -	اِثْنَانِ	اِثْنَتَانِ
٣ -	ثَلاَثٌ	ثَلاَثَةٌ
٤ -	أَرْبَعٌ	أَرْبَعَةٌ
٥ -	خَمْسٌ	خَمْسَةٌ
٦ -	سِتٌّ	سِتَّةٌ
٧ -	سَبْعٌ	سَبْعَةٌ
٨ -	ثَمَانٍ	ثَمَانِيَةٌ
٩ -	تِسْعٌ	تِسْعَةٌ
١٠ -	عَشَرٌ	عَشَرَةٌ
١١ -	أَحَدَ عَشَرَ	إِحْدَى عَشْرَةَ
١٢ -	اِثْنَا عَشَرَ	اِثْنَتَا عَشْرَةَ
١٣ -	ثَلاَثَ عَشْرَةَ	ثَلاَثَةَ عَشَرَ
١٤ -	أَرْبَعَ عَشْرَةَ	أَرْبَعَةَ عَشَرَ
١٥ -	خَمْسَ عَشْرَةَ	خَمْسَةَ عَشَرَ
١٦ -	سِتَّ عَشْرَةَ	سِتَّةَ عَشَرَ
١٧ -	سَبْعَ عَشْرَةَ	سَبْعَةَ عَشَرَ
١٨ -	ثَمَانِي عَشْرَةَ	ثَمَانِيَةَ عَشَرَ

١٩ –	تِسْعَ عَشْرَةَ	تِسْعَةَ عَشَرَ
٢٠ –	عِشْرُونَ	عِشْرُونَ
٣٠ –	ثَلاَثُونَ	ثَلاَثُونَ
٤٠ –	أَرْبَعُونَ	أَرْبَعُونَ
٥٠ –	خَمْسُونَ	خَمْسُونَ
٦٠ –	سِتُّونَ	سِتُّونَ
٧٠ –	سَبْعُونَ	سَبْعُونَ
٨٠ –	ثَمَانُونَ	ثَمَانُونَ
٩٠ –	تِسْعُونَ	تِسْعُونَ
١٠٠ –	مِائَـةٌ	مِائَـةٌ
٢٠٠ –	مِائَتَانِ	مِائَتَانِ
٣٠٠ –	ثَلاَثُمِائَةٍ	ثَلاَثُمِائَةٍ
٤٠٠ –	أَرْبَعُمِائَةٍ	أَرْبَعُمِائَةٍ
٥٠٠ –	خَمْسُمِائَةٍ	خَمْسُمِائَةٍ
٦٠٠ –	سِتُّمِائَةٍ	سِتُّمِائَةٍ
٧٠٠ –	سَبْعُمِائَةٍ	سَبْعُمِائَةٍ
٨٠٠ –	ثَمَانِمِائَةٍ	ثَمَانِـمِائَةٍ
٩٠٠ –	تِسْعُمِائَةٍ	تِسْعُمِائَةٍ

١٬٠٠٠ – أَلْفٌ	أَلْفٌ
٢٬٠٠٠ – أَلْفَانِ	أَلْفَانِ
٣٬٠٠٠ – ثَلاَثَةُ آلاَفٍ	ثَلاَثَةُ آلاَف
٤٬٠٠٠ – أَرْبَعَةُ آلاَفٍ	أَرْبَعَةُ آلاَف
١٠٬٠٠٠ – عَشْرَةُ آلاَفٍ	عَشْرَةُ آلاَف
١١٬٠٠٠ – أَحَدَ عَشَرَ أَلْفًا	أَحَدَ عَشَرَ أَلْفًا
١٢٬٠٠٠ – اِثْنَا عَشَرَ أَلْفًا	اِثْنَا عَشَرَ أَلْفًا
١٣٬٠٠٠ – ثَلاَثَةَ عَشْرَةَ أَلْفًا	ثَلاَثَةَ عَشْرَةَ أَلْفًا
٢٠٬٠٠٠ – عِشْرُونَ أَلْفًا	عِشْرُونَ أَلْفًا
٢١٬٠٠٠ – وَاحِدٌ وَعِشْرُونَ أَلْفًا	وَاحِدٌ وَعِشْرُونَ أَلْفًا
٢٢٬٠٠٠ – اِثْنَانِ وَعِشْرُونَ أَلْفًا	اِثْنَانِ وَعِشْرُونَ أَلْفًا
٢٣٬٠٠٠ – ثَلاثَةٌ وَعِشْرُونَ أَلْفًا	ثَلاثَةٌ وَعِشْرُونَ أَلْفًا
٩٩٬٠٠٠ – تِسْعَةٌ وَتِسْعُونَ أَلْفًا	تِسْعَةٌ وَتِسْعُونَ أَلْفًا
١٠٠٬٠٠٠ – مِائَةُ أَلْفٍ	مِائَةُ أَلْف
٢٠٠٬٠٠٠ – مِائَتَا أَلْفٍ	مِائَتَا أَلْف
٣٠٠٬٠٠٠ – ثَلاَثُمِائَةِ أَلْفٍ	ثَلاَثُمِائَةَ أَلْف
٩٩٠٬٠٠٠ – تِسْعُمِائَةٍ وَتِسْعُونَ أَلْفًا	تِسْعُمِائَةٍ وَتِسْعُونَ أَلْفًا

١٫٠٠٠٫٠٠٠ - مِلْيُونٌ	مِلْيُون
٢٫٠٠٠٫٠٠٠ - مِلْيُونَانِ	مِلْيُونَان
٣٫٠٠٠٫٠٠٠ - ثَلاَثَةُ مَلاَيِينَ	ثَلاَثَةُ مَلاَيِين
١١٫٠٠٠٫٠٠٠ - أَحَدَ عَشَرَ مِلْيُونًا	أَحَدَ عَشَرَ مِلْيُونًا
١٢٫٠٠٠٫٠٠٠ - اِثْنَا عَشَر مِلْيُونًا	اِثْنَا عَشَر مِلْيُونًا
١٣٫٠٠٠٫٠٠٠ - ثَلاثَةَ عَشْرَ مِلْيُونًا	ثَلاثَةَ عَشْرَ مِلْيُونًا
٩٩٫٠٠٠٫٠٠٠ - تِسْعَةٌ وتِسْعُونَ مِلْيونًا	تِسْعَةٌ وتِسْعُونَ مِلْيونًا
١٠٠٫٠٠٠٫٠٠٠ - مِائَةُ مِلْيُونٍ	مِائَةُ مِلْيُون
٢٠٠٫٠٠٠٫٠٠٠ -مِائَتَا مِلْيُونٍ	مِائَتَا مِلْيُون
٣٠٠٫٠٠٠٫٠٠٠ - ثَلاَثُمِائَةَ مِلْيُونٍ	ثَلاَثُمِائَةَ مِلْيُونٍ
١٫٠٠٠٫٠٠٠٫٠٠٠ - بِلْيُونٌ	بِلْيُونٌ

إِسْتِعْمَالُ الأَرْقَامِ 數字的使用

المذكّر （陽性）	المؤنّث （陰性）
كِتَابٌ وَاحِدٌ	طاوِلَةٌ وَاحِدَةٌ
كِتَابَانِ اثْنَانِ	طاوِلَتَانِ اثْنَتَانِ
ثَلاَثَةُ كُتُبٍ	ثَلاَثُ طاوِلاتٍ
أَرْبَعَةُ كُتُبٍ	أَرْبَعُ طاوِلاَتٍ
عَشْرَةُ كُتُبٍ	عَشَرُ طاوِلاَتٍ
أَحَدَ عَشَرَ كِتَابًا	إِحْدَى عَشْرَةَ طاوِلَةً
إِثْنَا عَشَرَ كِتَابًا	إِثْنَتَا عَشْرَةَ طاوِلَةً
ثَلاَثَةَ عَشَرَ كِتَابًا	ثَلاَثَ عَشْرَةَ طاوِلَةً
أَرْبَعَةَ عَشَرَ كِتَابًا	أَرْبَعَ عَشْرَةَ طاوِلَةً
عِشْرُونَ كِتَابًا	عِشْرُونَ طاوِلَةً
وَاحِدٌ وَعِشْرُونَ كِتَابًا	وَاحِدَةٌ وَعِشْرُونَ طاوِلَةٌ
إِثْنَانِ وَعِشْرُونَ كِتَابًا	إِثْنَتَانِ وَعِشْرُونَ طاوِلَةً
ثَلاَثَةٌ وَعِشْرُونَ كِتَابًا	ثَلاَثٌ وَعِشْرُونَ طاوِلَةً
أَرْبَعَةٌ وَعِشْرُونَ كِتَابًا	أَرْبَعٌ وَعِشْرُونَ طاوِلَةً

تِسْعَةٌ وَتِسْعُونَ كِتَابًا	تِسْعٌ وَتِسْعُونَ طاوِلَةً
مِائَةُ كِتَابٍ	مِائَةُ طاوِلَةٍ
مِائَتا كِتَابٍ	مِائَتَا طاوِلَةٍ
ثَلاَثُمِائَةِ كِتَابٍ	ثَلاَثُمِائَةُ طاوِلَةٍ
أَلْفُ كِتَابٍ	أَلْفُ طاوِلَةٍ
أَلْفَا كِتَابٍ	أَلْفا طاوِلَةٍ
ثَلاَثَةُ آلاَفِ كِتَابٍ	ثَلاَثَةُ آلاَفِ طاوِلَةٍ

تدريب للبديل

١ - هُنَاكَ	كِتَابٌ	وَاحِدٌ .
	قَلَمٌ	
	بَابٌ	
	رَجُلٌ	
	طَالِبٌ	
	مُعَلِّمٌ	

٢ - هُنَاكَ	طَاوِلَةٌ	وَاحِدَةٌ .
	سَيَّارَةٌ	
	مَدْرَسَةٌ	
	بِنْتٌ	
	طَالِبَةٌ	
	مُعَلِّمَةٌ	

٣ - هُنَاكَ	كِتَابَانِ	اثْنَانِ .
	قَلَمَانِ	
	بَابَانِ	
	رَجُلاَنِ	
	طَالِبَانِ	
	مُعَلِّمَانِ	

٤ - هُنَاكَ	طَاوِلَتَانِ	اثْنَتَانِ
	سَيَّارَتَانِ	
	مَدْرَسَتَانِ	
	بِنْتَانِ	
	طَالِبَتَانِ	
	مُعَلِّمَتَانِ	

句型

1. 那兒有 | 一本書 | 。
   - 一枝筆
   - 一扇門
   - 一個人
   - 一位男學生
   - 一位男老師

2. 那兒有 | 一張桌子 | 。
   - 一部車子
   - 一所學校
   - 一位女孩
   - 一位女學生
   - 一位女老師

3. 那兒有 | 兩本書 | 。
   - 兩枝筆
   - 兩扇門
   - 兩個人
   - 兩位男學生
   - 兩位男老師

4. 那兒有 | 兩張桌子 | 。
   - 兩部車子
   - 兩所學校
   - 兩女孩
   - 兩位女學生
   - 兩位女老師

٥ - هُنَاكَ ثَلاَثَةُ كُتُبٍ .
أَقْلاَمٍ
أَبْوَابٍ
رِجَالٍ
طُلاَّبٍ
مُعَلِّمِينَ

٦ - هُنَاكَ ثَلاَثُ طَاوِلاَتٍ
سَيَّارَاتٍ
مَدَارِسَ
بَنَاتٍ
طَالِبَاتٍ
مُعَلِّمَاتٍ

٧ - هُنَاكَ ثَلاَثَةُ طُلاَّبٍ .
أَرْبَعَةُ
خَمْسَةُ
سِتَّةُ
سَبْعَةُ
ثَمَانِيَةُ
تِسْعَةُ
عَشَرَةُ

٨ - هُنَاكَ ثَلاَثُ طَالِبَاتٍ .
أَرْبَعُ
خَمْسُ
سِتُّ
سَبْعُ
ثَمَانِي
تِسْعُ
عَشْرُ

5. 那兒有 | 三本書 |　。
　　　　　| 三枝筆 |
　　　　　| 三扇門 |
　　　　　| 三個人 |
　　　　　| 三位男學生 |
　　　　　| 三位男老師 |

6. 那兒有 | 三張桌子 |　。
　　　　　| 三部車子 |
　　　　　| 三所學校 |
　　　　　| 三位女孩 |
　　　　　| 三位女學生 |
　　　　　| 三位女老師 |

7. 那兒有 | 三 | 位男學生。
　　　　　| 四 |
　　　　　| 五 |
　　　　　| 六 |
　　　　　| 七 |
　　　　　| 八 |
　　　　　| 九 |
　　　　　| 十 |

8. 那兒有 | 三 | 位女學生。
　　　　　| 四 |
　　　　　| 五 |
　　　　　| 六 |
　　　　　| 七 |
　　　　　| 八 |
　　　　　| 九 |
　　　　　| 十 |

٩ - هُنَاكَ

أَحَدَ عَشَرَ
اثْنَا عَشَرَ
وَاحِدٌ وَعِشْرُونَ
اثْنَانِ وَعِشْرُونَ
وَاحِدٌ وَتِسْعُونَ
اثْنَانِ وَتِسْعُونَ

طَالِبًا .

١٠ - هُنَاكَ

إِحْدَى عَشْرَةَ
اثْنَتَا عَشْرَةَ
وَاحِدَةٌ وَعِشْرُونَ
اثْنَتَانِ وَعِشْرُونَ
وَاحِدَةٌ وَتِسْعُونَ
اثْنَتَانِ وَتِسْعُونَ

طَالِبَةً .

١١ - هُنَاكَ

ثَلَاثَةَ عَشَرَ
أَرْبَعَةَ عَشَرَ
عِشْرُونَ
ثَلَاثَةٌ وَعِشْرُونَ
:
تِسْعَةٌ وَتِسْعُونَ

طَالِبًا .

١٢ - هُنَاكَ

ثَلَاثَ عَشْرَةَ
أَرْبَعَ عَشْرَةَ
عِشْرُونَ
ثَلَاثٌ وَعِشْرُونَ
:
تِسْعٌ وَتِسْعُونَ

طَالِبَةً

9. 那兒有 | 11 | 位男學生。　　10. 那兒有 | 11 | 位女學生。
　　　　　| 12 |　　　　　　　　　　　　| 12 |
　　　　　| 21 |　　　　　　　　　　　　| 21 |
　　　　　| 22 |　　　　　　　　　　　　| 22 |
　　　　　| 91 |　　　　　　　　　　　　| 91 |
　　　　　| 92 |　　　　　　　　　　　　| 92 |

11. 那兒有 | 13 | 位男學生。　　12. 那兒有 | 13 | 位女學生。
　　　　　| 14 |　　　　　　　　　　　　| 14 |
　　　　　| 20 |　　　　　　　　　　　　| 20 |
　　　　　| 23 |　　　　　　　　　　　　| 23 |
　　　　　| … |　　　　　　　　　　　　| … |
　　　　　| 99 |　　　　　　　　　　　　| 99 |

١٣ - هُنَاكَ مِائَةُ   طَالِبٍ وطَالِبَةٍ .
       مِائَتَا
       ثَلَاثُمِائَة
       تِسْعُمِائَة
       أَلْفُ
       أَلْفَا
       ثَلَاثَةُ آلَافٍ
       عَشْرَةُ آلَافٍ
       أَحَدَ عَشَرَ أَلْفَ
       اثْنَا عَشَرَ أَلْفَ

13. 那兒有 | 100 | 位男女學生。
       | 200 |
       | 300 |
       | 900 |
       | 1000 |
       | 2000 |
       | 3000 |
       | 一萬 |
       | 一萬一千 |
       | 一萬兩千 |

١٤ - هُناكَ ثَلاَثَةَ عَشَرَ أَلْفَ طَالِبٍ وَطَالِبَةٍ .

مِائَةُ أَلْفٍ

مِائَتَا أَلْفٍ

ثَلاَثُمِائَةِ أَلْفٍ

تِسْعُمِائَةٍ وَتِسْعَةٌ وَتِسْعُونَ أَلْفَ

مِلْيُونٌ

مِلْيُونَا

ثَلاَثَةُ مَلاَيِينَ

تِسْعَةٌ وَتِسْعُونَ مِلْيُونَ

مِائَةُ مِلْيُونٍ

تِسْعُمِائَةٍ وَتِسْعَةٌ وَتِسْعُونَ مِلْيُونَ

بِلْيُونٌ

14. 那兒有
一萬三千
十萬
二十萬
九十九萬九千
一百萬
兩百萬
三百萬
九千九百萬
一億
九億九千九百萬
十億

位男女學生。

الأسئلة والأجوبة

١ - كَمْ يَوْمًا فِي الأُسْبُوعِ ؟	فِي الأُسْبُوعِ سَبْعَةُ أَيَّامٍ .
٢ - كَمْ طَاوِلَةً فِي بَيْتِكَ ؟	فِي بَيْتِي سَبْعُ طَاوِلَاتٍ .
٣ - كَمْ دَرْسًا عِنْدَكَ اليَوْمَ ؟	عِنْدِي ثَلَاثَةُ دُرُوسٍ .
٤ - كَمْ سَيَّارَةً عِنْدَكَ ؟	عِنْدِي ثَلَاثُ سَيَّارَاتٍ .
٥ - كَمْ صَدِيقًا عِنْدَكَ هُنَا ؟	عِنْدِي هُنَا عَشْرَةُ أَصْدِقَاءَ .
٦ - كَمْ صَدِيقَةً عِنْدَكَ هُنَا ؟	عِنْدِي هُنَا عَشَرُ صَدِيقَاتٍ .
٧ - كَمْ شَهْرًا فِي السَّنَةِ ؟	فِي السَّنَةِ اثْنَا عَشَرَ شَهْرًا .
٨ - كَمْ مَدْرَسَةً فِي تَايْبِيهَ ؟	فِي تَايْبِيهَ اثْنَتَا عَشْرَةَ مَدْرَسَةً .
٩ - كَمْ مُعَلِّمًا فِي الجَامِعَةِ ؟	فِي الجَامِعَةِ تِسْعَةٌ وَتِسْعُونَ مُعَلِّمًا .
١٠ - كَمْ مُعَلِّمَةً فِي الجَامِعَةِ ؟	فِي الجَامِعَةِ تِسْعٌ وَتِسْعُونَ مُعَلِّمَةً .
١١ - كَمْ قَلَمًا عَلَى الطَّاوِلَةِ ؟	عَلَى الطَّاوِلَةِ وَاحِدٌ وَعِشْرُونَ قَلَمًا .
١٢ - كَمْ غُرْفَةً فِي المَدْرَسَةِ ؟	فِي المَدْرَسَةِ وَاحِدَةٌ وَعِشْرُونَ غُرْفَةً .
١٣ - كَمْ أُسْبُوعًا سَتَبْقَى هُنَا ؟	سَأَبْقَى هُنَا أَرْبَعَةَ أَسَابِيعَ .
١٤ - كَمْ سَنَةً سَتَدْرُسُ فِي الجَامِعَةِ ؟	سَأَدْرُسُ أَرْبَعَ سَنَوَاتٍ فِي الجَامِعَةِ .
١٥ - كَمْ بَابًا فِي هَذِهِ الغُرْفَةِ ؟	فِي هَذِهِ الغُرْفَةِ بَابَانِ اثْنَانِ .

問與答

1. 一個星期有幾天？　　　　　　一個星期有七天。
2. 你家有幾張桌子？　　　　　　我家有七張桌子。
3. 今天有幾堂課？　　　　　　　三堂。
4. 你有幾部車？　　　　　　　　我有三部車。
5. 你有幾個朋友在這兒？　　　　我有十位朋友在這兒。
6. 你有幾個女朋友在這兒？　　　我有十位女朋友在這兒。
7. 一年有幾個月？　　　　　　　一年有十二個月。
8. 台北有幾所學校？　　　　　　台北有十二所學校。
9. 大學有幾位老師？　　　　　　大學有九十九位老師。
10. 大學有幾位女老師？　　　　　大學有九十九位女老師。
11. 桌上有幾枝筆？　　　　　　　桌上有21枝筆。
12. 學校有幾間教室？　　　　　　學校有21間教室。
13. 你要在這兒待幾個星期？　　　我要在這兒待四個禮拜。
14. 你要在大學唸幾年？　　　　　我要在大學唸四年。
15. 這個房間有幾扇門？　　　　　這個房間有兩扇門。

١٦ - كَمْ جامِعَةً فِي كاوشيونغَ ؟ فِي كاوشيونغَ جامِعَتَانِ اثْنَتَانِ .

١٧ - كَمْ وَلَداً عِنْدَكِ ؟ يا سامية . عِنْدِي ثَلاَثَةُ أَوْلاَدٍ .

١٨ - كَمْ بِنْتًا عِنْدَكِ ؟ يا فريدةُ ؟ عِنْدِي ثَلاَثُ بَنَاتٍ .

١٩ - كَمْ يَوْمًا فِي السَّنَةِ ؟ فِي السَّنَةِ ثَلاثُمِائَةٍ وَخَمْسَةٌ وسِتُّونَ يَوْمًا

٢٠ - كَمْ طالِبَةً فِي هَذِهِ الْجامِعَةِ ؟ في هَذِهِ الْجامِعَةِ سَبْعَةُ آلاَفِ طالِبَةٍ .

16. 高雄有幾所大學？　　　　　高雄有兩所大學。

17. 撒米亞，妳有幾個男孩？　我有三個男孩。

18. 法立達，妳有幾個女孩？　我有三個女孩。

19. 一年有幾天？　　　　　　一年有365天。

20. 這所大學有幾位學生？　　這所大學有九千位學生。

الدَّرْسُ التَّاسِعُ　　الأَوْقَاتُ

١ - كَمِ السَّاعَةُ الآنَ ؟

أَلسَّاعَةُ الآنَ الْوَاحِدَةُ تَمَامًا .

أَلسَّاعَةُ الآنَ الثَّانِيَةُ بَعْدَ الظُّهْرِ .

أَلسَّاعَةُ الآنَ الثَّالِثَةُ .

أَلسَّاعَةُ الآنَ الرَّابِعَةُ .

أَلسَّاعَةُ الآنَ الْخَامِسَةُ .

أَلسَّاعَةُ الآنَ السَّادِسَةُ صَبَاحًا .

أَلسَّاعَةُ الآنَ السَّابِعَةُ مَسَاءً .

أَلسَّاعَةُ الآنَ الثَّامِنَةُ .

أَلسَّاعَةُ الآنَ التَّاسِعَةُ .

أَلسَّاعَةُ الآنَ الْعَاشِرَةُ .

أَلسَّاعَةُ الآنَ الْحَادِيَةَ عَشْرَةَ قَبْلَ الظُّهْرِ .

أَلسَّاعَةُ الآنَ الثَّانِيَةَ عَشْرَةَ .

第九課 時間

1. 現在是幾點鐘？

    現在是一點整。

    現在是下午兩點。

    現在是三點。

    現在是四點。

    現在是五點。

    現在是早上六點。

    現在是晚上七點，

    現在是八點。

    現在是九點。

    現在是十點。

    現在是上午十一點。

    現在是十二點。

٢ - كَمِ السَّاعَةُ الآنَ ؟

أَلسَّاعَةُ الآنَ الْعَاشِرَةُ وَدَقِيقَةٌ وَاحِدَةٌ .

أَلسَّاعَةُ الآنَ الْعَاشِرَةُ وَدَقِيقَتَانِ .

أَلسَّاعَةُ الآنَ الْعَاشِرَةُ وَثَلاَثُ دَقَائِقَ .

أَلسَّاعَةُ الآنَ الْعَاشِرَةُ وَأَرْبَعُ دَقَائِقَ .

أَلسَّاعَةُ الآنَ الْعَاشِرَةُ وَخَمْسُ دَقَائِقَ

أَلسَّاعَةُ الآنَ الْعَاشِرَةُ وَعَشَرُ دَقَائِقَ .

أَلسَّاعَةُ الآنَ الْعَاشِرَةُ وَالرُّبُعُ (خَمْسَ عَشْرَةَ دَقِيقَةً) .

أَلسَّاعَةُ الآنَ الْعَاشِرَةُ وَالثُّلْثُ (عِشْرُونَ دَقِيقَةً) .

أَلسَّاعَةُ الآنَ الْعَاشِرَةُ وَخَمْسٌ وَعِشْرُونَ دَقِيقَةً .

أَلسَّاعَةُ الآنَ الْعَاشِرَةُ وَالنِّصْفُ (ثَلاَثُونَ دَقِيقَةً) .

أَلسَّاعَةُ الآنَ الْعَاشِرَةُ وَخَمْسٌ وَثَلاَثُونَ دَقِيقَةً .

أَلسَّاعَةُ الآنَ الْعَاشِرَةُ وَأَرْبَعُونَ دَقِيقَةً .

(أَلسَّاعَةُ الآنَ الْحَادِيَةَ عَشْرَةَ إِلاَّ ثُلْثًا)

2. 現在是幾點鐘？

現在是十點一分。

現在是十點兩分。

現在是十點三分。

現在是十點四分。

現在是十點五分。

現在是十點十分。

現在是十點一刻（十五分）。

現在是十點二十分。

現在是十點二十五分。

現在是十點半（三十分）。

現在是十點三十五分。

現在是十點四十分。

（現在是差二十分十一點。）

أَلسَّاعَةُ الآنَ الْعَاشِرَةُ وَخَمْسٌ وَأَرْبَعُونَ دَقِيقَةً .

(أَلسَّاعَةُ الآنَ الْحَادِيَةَ عَشْرَةَ إلاَّ رُبْعًا)

أَلسَّاعَةُ الآنَ الْعَاشِرَةُ وَخَمْسُونَ دَقِقَةً .

(أَلسَّاعَةُ الآنَ الْحَادِيَةَ عَشْرَةَ إلاَّ عَشَرَ دَقَائِقَ .)

أَلسَّاعَةُ الآنَ الْعَاشِرَةُ وَخَمْسٌ وَخَمْسُونَ دَقِيقَةً .

(أَلسَّاعَةُ الآنَ الْحَادِيَةَ عَشْرَةَ إلاَّ خَمْسَ دَقَائِقَ .)

أَلسَّاعَةُ الآنَ الْحَادِيَةَ عَشْرَةَ إلاَّ دَقِيقَةً وَاحِدَةً .

أَلسَّاعَةُ الآنَ الْحَادِيَةَ عَشْرَةَ إلاَّ دَقِيقَتَيْنِ .

أَلسَّاعَةُ الآنَ الْحَادِيَةَ عَشْرَةَ إلاَّ ثَلاَثَ دَقَائِقَ .

現在是十點四十五分。

（現在是十一點差一刻。）

現在是十點五十分。

（現在是十一點差十分。）

現在是十點五十五分。

（現在是十一點差五分。）

現在是十一點差一分。

現在是十一點差兩分。

現在是十一點差三分。

تدريب البديل

١- ألسَّاعَةُ الآنَ الثَّانِيَةَ عَشْرَةَ وَالرُّبْعُ .
   الثُّلْثُ
   النِّصْفُ
   دَقِيقَةٌ
   دَقِيقَتَانِ
   عَشْرُ دَقَائِقَ

٢- ألسَّاعَةُ الآنَ الثَّانِيَةَ عَشْرَةَ إلاَّ رُبْعًا .
   ثُلْثًا
   دَقِيقَةً
   دَقِيقَتَيْنِ
   عَشْرَ دَقَائِقَ

句型

1. 現在是十二點

| 一刻（四分之一） |
| 二十分 |
| 半 |
| 一分 |
| 兩分 |
| 十分 |

。

2. 現在是十二點差

| 一刻（四分之一） |
| 二十分 |
| 現一分 |
| 兩分 |
| 十分 |

。

٣ - ألسَّاعَةُ الآنَ السَّابِعَةُ | تَمَامًا
صَبَاحًا
مَسَاءً
قَبْلَ الظُّهْرِ
بَعْدَ الظُّهْرِ
صَبَاحًا تَمَامًا

3. 現在是 | 整 | 七點。
　　　　　| 早上 |
　　　　　| 晚上 |
　　　　　| 上午 |
　　　　　| 下午 |
　　　　　| 早上整 |

الأسئلةُ والأجوبةُ

١ - كَمِ السَّاعَةُ الآنَ ؟ يا سامي .

أَلسَّاعَةُ الآنَ الثَّامِنةُ صَبَاحًا .

٢ - مَتَى تَبْدَأُ الدَّرْسَ الأَوَّلَ فِي الصَّبَاحِ ؟

أَبْدَأُ الدَّرْسَ الأَوَّلَ مِنَ السَّاعَةِ الثَّامِنَةِ وَعَشَرِ دَقَائِقَ .

٣ - هَلْ عِنْدَكَ سَاعَةٌ ؟

نَعَمْ ، عِنْدِي سَاعَةٌ .

٤ - كَمِ السَّاعَةُ الآنَ عِنْدَكَ ؟

أَلسَّاعَةُ الآنَ عِنْدِي التَّاسِعَةُ إلاّ عَشَرَ دَقَائِقَ .

٥ - فِي أَيَّةِ سَاعَةٍ سَتَذْهَبُ إِلَى الْمَدْرَسَةِ ؟

سَأَذْهَبُ إِلَى الْمَدْرَسَةِ فِي السَّاعَةِ السَّادِسَةِ صَبَاحًا .

٦ - فِي أَيَّةِ سَاعَةٍ تَرْجِعِينَ مِنَ الْجَامِعَةِ عَادَةً ؟ يا سامِيةُ ؟

عَادَةً أَرْجِعُ مِنَ الْجَامِعَةِ فِي السَّاعَةِ السَّابِعَةِ وَالنِّصْفِ .

問與答

1. 撒米,現在是幾點?

   現在是早上七點。

2. 你幾點上早上第一堂課?

   我八點十分上早上第一堂課。

3. 你有手錶嗎?

   有啊,我有手錶。

4. 你那邊現在是幾點?

   我這邊現在是差十分九點。

5. 你幾點要上學?

   我早上六點要上學。

6. 撒米亞,妳通常幾點從大學回來?

   我通常七點半從大學回來。

٧ - أَيْنَ سَتَكُونِينَ فِي السَّاعَةِ التَّاسِعَةِ مَسَاءَ الْيَوْمِ ؟

سَأَكُونُ فِي الْبَيْتِ فِي السَّاعَةِ التَّاسِعَةِ مَسَاءَ اليومِ .

٨ - هَلْ سَتَكُونِينَ فِي الْجَامِعَةِ فِي السَّاعَةِ الْعَاشِرَةِ صَبَاحَ غَدٍ ؟

لا ، لا أَكُونُ فِي الْجَامِعَةِ فِي ذَلِكَ الْوَقْتِ ؟

٩ - هَلْ سَتَبْقَى فِي الجامعةِ إِلَى السَّاعَةِ الثَّانِيَةَ عَشْرَةَ ؟

لا ، سَأَرْجِعُ إِلَى الْبَيْتِ بَعْدَ الْمَدْرَسَةِ .

١٠ - هَلْ تَعْرِفُ كَمِ السَّاعَةُ الآنَ ؟

لا ، لا أَعْرِفُ جَيِّدًا ، مَا عِنْدِي سَاعَةٌ .

١١ - فِي أَيَّةِ سَاعَةٍ تَذْهَبُ إِلَى الْجَامِعَةِ فِى الصَّبَاحِ عَادَةً ؟

أَذْهَبُ إِلَى الْجَامِعَةِ عَادَةً فِي السَّاعَةِ السَّابِعَةِ وَالنِّصْفِ صَبَاحًا .

١٢ - فِي أَيَّةِ سَاعَةٍ تَرْجِعِينَ مِنَ الْجَامِعَةِ مَسَاءَ الْيَوْمِ ؟ يا فَرِيدَةُ .

سَأَرْجِعُ مِنَ الْجَامِعَةِ مَسَاءَ الْيَوْمِ فِي السَّاعَةِ السَّادِسَةِ وَالنِّصْفِ .

7. 今天晚上九點妳會在那兒？

   今天晚上九點我會在家。

8. 明天早上十點妳會在大學嗎？

   不會，那個時候我不會在學校。

9. 你會在學校待到十二點嗎？

   不會，我下課後就回家。

10. 你知道現在是幾點嗎？

    不，我不太清楚，我沒有錶。

11. 通常你早上幾點上學？

    通常我早上七點半上學。

12. 法立達，今天晚上妳幾點會從學校回來？

    今天晚上我六點半會從學校回來。

١٣ - فِي أَيَّةِ سَاعَةٍ تَبْدَؤُونَ الدَّرْسَ صباحًا ؟

نَبْدَأُ الدَّرْسَ فِى السَّاعَةِ الثَّامِنَةِ وَعَشرِ دَقَائِقَ صباحًا .

١٤ - مِنْ أَيَّةِ ساعَةٍ تُفْتَحُ مَكْتَبَةُ الْجامِعَةِ ؟

تُفْتَحُ مَكْتَبَةُ الْجامِعَةِ مِنَ السَّاعَةِ الثَّامِنَةِ صَباحًا .

١٥ - فِي أَيَّةِ ساعَةٍ تُغْلَقُ الْمَكْتَبَةُ ؟

تُغْلَقُ الْمَكْتَبَةُ فِي السَّاعَةِ الْعاشِرَةِ مَسَاءً .

١٦ - هَلْ تَذْهَبُ إِلَى الْمَكْتَبَةِ كُلَّ يَوْمٍ ؟

لا ، لا أَذْهَبُ إِلَى الْمَكْتَبَةِ كُلَّ يَوْمٍ ، أَذْهَبُ إِلَيْهَا فِي أَيَّامِ الإِثْنَيْنِ وَالأَرْبِعاءِ والْجُمْعَةِ فَقَطْ .

13. 早上你們幾點開始上課？

早上我們八點十分開始上課。

14. 學校圖書館幾點開門？

學校圖書館早上八點開門。

15. 圖書館幾點關門？

圖書館晚上十點關門。

16. 你每天上圖書館嗎？

不，我沒有每天上圖書館，我只有禮拜一、三、五才去圖書館。

المحادثة

١ - صَبَاحَ الْخَيْرِ ، يا سامي .

صباحَ النورِ ، يا حسن .

كَمِ السَّاعَةُ الآن ؟

السَّاعَةُ الآنَ التَّاسِعَةُ تماما .

هَلْ عِنْدَكَ دَرْسٌ فِي السَّاعَةِ التَّاسِعَةِ وَعَشرِ دَقائِقَ ؟

لا ، مَا عِنْدِي دَرْسٌ في التَّاسِعَةِ ، ولَكِنْ عِنْدِي دَرْسٌ فى الْعَاشِرَةِ .

مَا هُوَ الدَّرْسُ ؟

هُوَ الْمُحَادَثَةُ الْعَرَبِيَّةُ .

وكَيْفَ بَعْدَ ظُهْرِ الْيَوْمِ ؟

أَلْيَوْمُ هُوَ يَوْمُ السَّبْتِ ، مَا عِنْدَنَا أَيُّ دَرْسٍ فِي نِهايَةِ الأسْبُوعِ .

會話

1. 撒米,早!

   哈珊,早!

   現在是幾點?

   現在是九點整。

   你九點十分有課嗎?

   沒有,我九點沒課,但是,我十點有課。

   什麼課?

   阿拉伯語會話課。

   今天下午呢?

   今天是星期六,週末我沒有課。

٢ - كَمِ السَّاعَةُ الأنَ ؟ يا سامية .

ألسَّاعَةُ الأنَ الْحَادِيَةَ عَشْرَةَ تَقْرِيبًا .

أ لاَ تَعْرِفِينَ كَمِ السَّاعَةُ الآنَ ؟

نَعَمْ ، لا أعْرِفُ جَيِّداً .

أ لَيْسَ عِنْدِكَ ساعَةٌ .

نَعَمْ ، مَا عِنْدِي ساعَةٌ .

٣ - هَلْ عِنْدَكِ سَاعَةٌ ؟ يا فَرِيدَةُ .

نَعَمْ ، عِنْدِي سَاعَةٌ .

كَمِ السَّاعَةُ الآنَ ؟

السَّاعَةُ الآنَ الثَّامِنَةُ وَالثُّلْثُ صَباحًا .

فِي أيَّةِ سَاعَةٍ تُفْتَحُ الْمَكْتَبَةُ ؟

ألْمَكْتَبَةُ لاَ تُفْتَحُ إلاَّ بَعْدَ السَّاعَةِ الثَّامِنَةِ وَالنِّصْفِ .

هَلْ فِي هَذِهِ الْمَكْتَبَةِ كُتُبُ عَرَبِيَّةٌ ؟

نَعَمْ ، فِيهَا كُتُبٌ عَرَبِيَّةٌ وَصِينِيَّةٌ وَإِنْجِلِيزِيَّةٌ .

2. 撒米亞,現在是幾點?

   現在大概是十一點吧。

   妳不知道現在是幾點嗎?

   對啊,我不太知道。

   妳沒帶手錶嗎?

   不錯,我沒帶錶。

3. 法立達,妳有帶錶嗎?

   是啊,我沒帶手錶。

   現在是幾點?

   現在是早上八點二十。

   圖書館幾點開門?

   圖書館八點半之後才會開門。

   這個圖書館有阿拉伯文書嗎?

   它有阿拉伯文以及中、英文書籍。

٤ - هَلْ سَتَكُونُ هُنَا فِي السَّاعَةِ التَّاسِعَةِ صَبَاحَ غَدٍ ؟

لَا ، لَا أَكُونُ هُنَا صَبَاحَ غَدٍ إِلاَّ بَعْدَ السَّاعَةِ الْعَاشِرَةِ وَالرُّبْعِ .

هَلْ عِنْدَكَ دُرُوسٌ مِنْ السَّاعَةِ الثَّامِنَةِ إِلَى الْعَاشِرَةِ صَبَاحَ غَدٍ ؟

نَعَمْ ، عِنْدِي دُرُوسٌ مِنَ الثَّامِنَةِ إِلَى الْعَاشِرَةِ صَبَاحَ غَدٍ .

هَلْ عِنْدَكَ دُرُوسٌ مِنَ السَّاعَةِ الثَّامِنَةِ صَبَاحَ بَعْدِ غَدٍ ؟

لَا ، بَعْدَ غَدٍ مَا عِنْدِي دُرُوسٌ فِي الصَّبَاحِ .

فِي أَيَّةِ سَاعَةٍ عِنْدَكَ دُرُوسٌ بَعْدَ غَدٍ ؟

عِنْدِي دُرُوسٌ فِي السَّاعَةِ الثَّانِيَةِ وَعَشَرِ دَقَائِقَ بَعْدَ الظُّهْرِ .

4. 明天早上九點你會在這兒嗎?

　　不會,明天早上我要在十點一刻之後才會在這兒。

　　明天早上八點到十點你有課嗎?

　　有啊,明天早上八點到十點我有課。

　　後天早上八點呢?

　　沒有,後天早上我沒課。

　　後天你幾點才有課?

　　下午兩點十分我才有課。

單字解釋　المفردات

時間（複數）	أَوْقَاتٌ	第六	أَلسَّادِسَةُ
幾、多少？	كَمْ	第八	أَلثَّامِنَةُ
一	أَلْوَاحِدَةُ	第十	أَلْعَاشِرَةُ
第二	أَلثَّانِيَةُ	第十二	أَلثَّانِيَةَ عَشْرَةَ
第三	أَلثَّالِثَةُ	分鐘	دَقِيقَةٌ
第五	أَلْخَامِسَةُ		
第七	أَلسَّابِعَةُ		
第九	أَلتَّاسِعَةُ		
第十一	أَلْحَادِيَةَ عَشْرَةَ		
上午	قَبْلَ الظُّهْرِ		
時間	وَقْتٌ		
點鐘、錶、時間	أَلسَّاعَةُ		
整	تَمَامًا		
下午	بَعْدَ الظُّهْرِ		
第四	أَلرَّابِعَةُ		

第九課

單字解釋 المفردات

分鐘（複數） دَقَائِقُ

二十分；三分之一 أَلثُّلْثُ

差；除了 إِلاَّ

一刻；四分之一 أَلرُّبْعُ

一半 أَلنِّصْفُ

الدّرس العاشر أَلتَّارِيخُ

١ - مَا هُوَ تَارِيخُ الْيَوْمِ ؟

٢ - أَلْيَوْمُ هُوَ الثَّانِي مِنْ شَهْرِ شُبَاطَ عَامَ أَلْفٍ وَتِسْعِمِائَةٍ وسَبْعَةٍ وَتِسْعِينَ .

٣ - فِي أَيِّةِ سَنَةٍ وُلِدْتَ ؟

٤ - وُلِدْتُ فِي سَنَةِ أَلْفٍ وَتِسْعِمِائَةٍ وَاثْنَتَيْنِ وسَبْعِينَ .

٥ - أيُّ يَوْمٍ هُوَ عِيدُ مِيلاَدِكَ ؟

٦ - أَلْيَوْمُ الْحادِي عَشَرَ مِنْ نُوفَمْبِرَ هُوَ عِيدُ مِيلاَدِي .

٧ - هَلْ تَعْرِفُ تَارِيخَ الْيَوْمِ؟

٨ - لا ، لا أعْرِفُ تَارِيخَ الْيَوْمِ بالضَّبْطِ .

٩ - أَيْنَ وُلِدْتَ ؟

١٠ - وُلِدْتُ فِي مَدِينَةٍ قَرِيبَةٍ مِنْ هُنَا .

١١ - مَاذَا تَعْرِفُ عَنْ تِلْكَ الْمَدِينَةِ ؟

١٢ - لا أعْرِفُ عَنْهَا شَيْئًا ، ولَكِنَّهَا بَعِيدَةٌ مِنْ هذِهِ الْجَامِعَةِ .

١٣ - أَيْنَ كُنْتَ خِلالَ شَهْرِ سَبْتَمْبِرِ الْمَاضِي ؟

١٤ - لا أَتَذَكَّرُ أَيْنَ كُنْتُ فِي ذَلِكَ الْوَقْتِ .

١٥ - أَيْنَ سَتَكُونُ فِي شَهْرِ سَبْتَمْبِرِ الْقَادِمِ ؟

١٦ - سَأُسَافِرُ إِلَى خَارِجِ الْبِلاَدِ .

第十課 日期

1. 今天是幾月幾號?
2. 今天是1997年2月2號。
3. 你是幾年次?
4. 我出生於1972年。
5. 哪一天是你的生日?
6. 11月1日是我的生日。
7. 你知道今天是幾月幾號嗎?
8. 不,我不知道今天真正的日期。
9. 你在哪裡出生的?
10. 我出生在這個鄰近的城市。
11. 你對那個城市知道些什麼?
12. 我對它了解不多,但是它離這個大學很遠。
13. 九月的時候你人在哪裡?
14. 我不記得那個時候我在哪兒。
15. 九月的時候你人會在哪裡?
16. 我將要出國。

تدريب البديل

١ - في أيّةِ سَنَةٍ وُلِدْتَ ؟

وُلِدْتِ

وُلِدَ حَسَنٌ

وُلِدَتْ فَرِيدَةُ

٢ - وُلِدْتُ في سَنَةِ ١٩٧٠ أَلْفٍ وَتِسْعِمِائَةٍ وَسَبْعِينَ .

١٩٧١ أَلْفٍ وَتِسْعِمِائَةٍ وَواحِدَةٍ وَتِسْعِينَ

١٩٧٢ أَلْفٍ وَتِسْعِمِائَةٍ واثْنَتَيْنِ وَتِسْعِينَ

١٩٧٣ أَلْفٍ وَتِسْعِمِائَةٍ وَثَلاثٍ وَتِسْعِينَ

١٩٧٤ أَلْفٍ وَتِسْعِمِائَةٍ وَأَرْبَعٍ وَتِسْعِينَ

句型

1. | 你 |　　出生於哪一年？
   | 妳 |
   | 哈珊 |
   | 法立達 |

2. 我出生於 | 1970 | 年。
   | 1971 |
   | 1972 |
   | 1973 |
   | 1974 |

٣ - أَلْيَوْمُ الْحَادِي عَشَرَ مِنْ شَهْرِ نُوفَمْبَرَ | هُوَ عِيدُ مِيلادِي .

أَلْيَوْمُ الثَّانِي عَشَرَ مِنْ أُكْتُوبَرَ

أَلْيَوْمُ الثَّالِثُ مِنْ هَذَا الشَّهْرِ

أَلْيَوْمُ الثَّلاثُونَ مِنَ الشَّهْرِ الْقَادِمِ

أَلْيَوْمُ

أَمْسِ كانَ

يَوْمُ السَّبْتِ الْقَادِمُ

3.

11月11日是
10月12日
這個月三號
下個月三十號
今天
昨天
下個禮拜六

我的生日。

٤ - هَلْ تَعْرِفُ | تَارِيخَ الْيَوْمْ ؟

فِى أَيِّ يَوْمٍ نَحْنُ الآنَ

فِي أَيِّ شَهْرٍ نَحْنُ الآنَ

فِي أَيَّةِ سَنَةٍ نَحْنُ الآنَ

ما هُوَ التَّارِيخُ الْيَوْمْ

ماذا يَدْرُسُ الآنَ فِي الْجامِعَةِ

4. 你知道 { 今天的日期 / 今天是星期幾 / 現在是幾月 / 現在是幾年 / 今天的日期 / 他在大學唸什麼 } 嗎？

٥ - ماذا تَعْرِفُ عَنْ	تِلْكَ الْمَدِينَةِ	؟
	تِلْكَ الْمَدْرَسَةَ	
	تَايْبَيْهَ	
	كاوشيونغَ	
	تِلْكَ الْبِنْتِ	
	هٰذَا الطَّالِبِ	
	مُعَلِّمِنَا	
	هٰذِهِ الْجَامِعَةِ	

5. 你對

那個城市
那所學校
台北
高雄
那位女孩
這位學生
我們的老師
這所大學

了解多少？

٦ - أَيْنَ كُنْتَ خِلاَلَ شَهْرِ سَبْتَمْبِرِ الْمَاضِي ؟

الشَّهْرِ الْمَاضِي

الأَسْبُوعِ الْمَاضِي

السَّنَةِ الْمَاضِيَة

الْعُطْلَةِ الْمَاضِيَة

٧ - أَيْنَ سَتَكُونُ فِي شَهْرِ سَبْتَمْبِرِ الْقَادِمِ ؟

الشَّهْرِ الْقَادِمِ

يَوْمِ الأَحَدِ الْقَادِم

الأَسْبُوعِ الْقَادِمِ

السَّنَةِ الْقَادِمَة

الأَيَّامِ الْقَادِمَة

نِهَايَةِ الأَسْبُوعِ القَادِمَة

6. | 九月的時候 | 你在哪裡？
   | 上個月 |
   | 上個禮拜 |
   | 去年 |
   | 上個假期 |

7. | 九月的時候 | 你會在哪裡？
   | 下個月 |
   | 下個禮拜天 |
   | 下個禮拜 |
   | 明年 |
   | 近幾天 |
   | 下個週末 |

٨ - لاَ أَتَذكَّرُ [ ] .

أَيْنَ كُنْتُ فِي ذَلِكَ الْوَقْتِ
لِمَنْ هذا الْكِتابُ
مَنْ هَذِهِ الْبِنْتُ
فِي أَيَّةِ سَنَةٍ وُلِدْتُ
أَيْنَ كُنْتُ فِي الشَّهْرِ الْمَاضِي
ما هو التَّارِيخُ الْيَوْمَ

٩ -سَأُسَافِرُ إِلَى [ ] .

خارِجِ الْبِلاَدِ
مَدِينَةِ تَايْبَيْهْ
كاوشيونغَ
الشَّرْقِ الأَوْسَطِ
أَمْرِيكا
تِلْكَ الْمَدِينَةِ

8. 我不記得 | 那個時候我在哪裡 | 。

　　　　　　這本書是誰的

　　　　　　這位女孩是誰

　　　　　　我生於哪一年

　　　　　　上個月我在哪裡

　　　　　　今天的日期

9. | 我將要出國 | 。

　　我要去台北

　　我要去高雄

　　我要去中東

　　我要去美國

　　我要去那個城市

الأسئلة والأجوبة

١ - مَا هُوَ تَارِيخُ الْيَوْمِ ؟

أَلْيَوْمُ هُوَ الثَّانِي مِنْ شَهْرِ دِيْسَمْبِرَ .

٢ - مَا هُوَ يَوْمُ مِيلاَدِكَ ؟

يَوْمُ مِيلاَدِي هُوَ الرَّابِعَ عَشَرَ مِنْ شَهْرِ يُنَايِرَ .

٣ - فِي أَيَّةِ سَنَةٍ وُلِدْتِ ؟ يا سامية .

وُلِدْتُ فِي سَنَةِ أَلْفٍ وَتِسْعِمِائَةٍ وَخَمْسٍ وَسِتِّينَ .

٤ - أَيُّ يَوْمٍ هُوَ عِيدُ مِيلاَدِكِ ؟ يا فَرِيدَةُ .

أَلْيَوْمُ السَّادِسُ مِنْ شَهْرِ مَايُو هُوَ عِيدُ مِيلاَدِي .

٥ - هَلْ تَعْرِفِينَ مَا هُوَ تَارِيخُ الْيَوْمِ ؟ يا خَالِدَةُ .

نَعَمْ ، أَعْرِفُ ، تارِيخُ الْيَوْمِ هُوَ الْعَاشِرُ مِنْ شُبَاطَ .

問與答

1. 今天是幾月幾日？

   今天是十二月二日。

2. 什麼時候是你的生日？

   我的生日是一月十四日。

3. 撒米亞，妳是哪一年出生的？

   我出生於1965年。

4. 法立達，哪一天是妳的生日？

   五月六日是我的生日。

5. 哈立達，妳知道今天是幾月幾日嗎？

   我知道，今天是二月十日。

٦ - أ لاَ تَعْرِفُ تَّارِيخَ الْيَوْمِ ؟ يا سامي .

بَلَى ، أعْرِفُ ، أَلْيَوْمَ هُوَ التَّاسِعُ وَالْعِشْرُونَ مِنْ شَهْرِ إبْرِيلَ .

٧ - هَلْ تَعْرِفُ مَا هُوَ تَارِخُ الْيَوْمِ ؟

لا ، آسِفٌ ، لا أعْرِفُ ما هو تَارِخُ الْيَوْمِ بالضَّبْطِ .

٨ - فِي أيَّةِ مَدِينَةٍ وُلِدْتَ ؟

وُلِدْتُ فِي مَدِينَةِ تايْبَيْهَ .

٩ - هَلْ مَدِينَةُ تايْبَيْهَ قَرِيبَةٌ مِنْ مَدِينَةِ كاوشيونغَ ؟

لاَ ، مَدِينَةُ تَايْبَيْهَ بَعِيدَةٌ عَنْ مَدِينَةِ كاوشيونغَ .

١٠ - هَلْ تَعْرِفُ تايبيهَ جَيِّداً ؟

لاَ ، لا أعْرِفُهَا جَيِّداً ، لأنَّنِي وُلِدْتُ فِي كاوشيونغَ .

6. 撒米,你不知道今天是幾月幾號嗎?

   知道啊,今天是四月二十九日。

7. 你知道今天是幾月幾號嗎?

   對不起,我不知道今天正確的日期。

8. 你生在哪個城市?

   我出生在台北市。

9. 台北離高雄很近嗎?

   不,台北離高雄很遠。

10. 台北你熟嗎?

    我不熟,因為我出生於高雄。

١١ - ماذا تَعْرِفُ عَنْ هَذِهِ الْجامِعَةِ ؟

أَعْرِفُ أَنَّهَا قَرِيبَةٌ مِنْ تِلْكَ الْمَدِينَةِ .

١٢ - هَلْ بَيْتُكَ قَرِيبٌ مِنْ الْجامِعَةِ ؟

لا ، بَيْتِي بَعِيدٌ عَنِ الْجامِعَةِ ، ولَكِنَّهُ قَرِيبٌ مِنْ الْمَحَطَّةِ . （車站）

١٣ - أَيْنَ كُنْتَ خَلاَلَ الشَّهْرِ الْمَاضِي ؟

كُنْتُ فِي كاوشيونغ مَعَ صَدِيقِي حَسَنٍ .

١٤ - أَ تَتَذَكَّرُ أَيْنَ رَأَيْتَ صَدِيقِي حَسَنًا فِي الأَسْبُوعِ الْمَاضِي ؟

لا ، لا أَتَذَكَّرُ الآنَ ، رُبَّمَا رَأَيْتُهُ فِي بَيْتِهِ .

١٥ - أَ تَتَذَكَّرُ أَيَّ يَوْمٍ هُوَ عِيدُ مِيلاَدِ مُعَلِّمِنَا ؟

لا ، وَاللّٰهِ ، لا أَتَذَكَّرُ . （說真的）

11. 你對這所大學了解多少？

我知道它離那個城市很近。

12. 你家離大學很近嗎？

不，我家離大學很遠，但離車站很近。

13. 上個月妳在哪裡？

我跟我的朋友哈珊在高雄。

14. 你還記得上個禮拜你在哪裡看見我的朋友哈珊嗎？

我現在不記得了，也許我在他家看過他吧。

15. 你記得哪一天是我們老師的生日嗎？

説真的，我不記得了。

١٦ - أَيْنَ سَتُسَافِرُ فِي الْعُطْلَةِ الْقَادِمَةِ ؟

سَأُسَافِرُ إِلَى خَارِجِ الْبِلَادِ .

١٧ - هَلْ سَتُسَافِرُ إِلَى خَارِجِ الْبِلَادِ خَلَالَ أَيَّامِ الْعُطْلَةِ ؟

لَا ، لَا أُسَافِرُ ، سَأَبْقَى فِي الْبَيْتِ .

١٨ - فِي أَيِّ شَهْرٍ سَتُسَافِرُ ؟

سَأُسَافِرُ فِي شَهْرِ آبَ الْقَادِمِ .

١٩ - فِي أَيَّةِ سَاعَةٍ سَتُسَافِرِينَ ؟ يَا سَامِيَةُ .

سَأُسَافِرُ فِي السَّاعَةِ الرَّابِعَةِ بَعْدَ ظُهْرِ الْيَوْمِ .

٢٠ - مَنْ سَيُسَافِرُ مَعَكِ ؟

صَدِيقَتِي خَالِدَةُ سَتُسَافِرُ مَعِي .

٢١ - هَلْ تُسَافِرِينَ بِالسَّيَّارَةِ ؟

لَا ، أُسَافِرُ بِالطَّائِرَةِ .　　(飛機的)

16. 下個假期你要去哪裡？

    我要出國。

17. 在假期中你要出國嗎？

    不出國，我會待在家裡。

18. 你要在哪個月出國？

    我要在八月出國。

19. 撒米亞，妳幾點啟程？

    我今天下午四點啟程。

20. 誰跟妳一塊去？

    我的朋友哈立達跟我一塊去。

21. 妳搭汽車去嗎？

    不，我要搭飛機。

المحادثة

١ – عَفْواً يا سامي ، هَلْ تَعْرِفُ مَا هُوَ تَارِيخُ الْيَوْمِ ؟

آسِفٌ ، لا أعْرِفُ بِالضَّبْطِ ، فِي أيِّ شَهْرٍ نَحْنُ الآنَ ؟

نَحْنُ الآنَ فِي شَهْرِ أُكْتُوبَرَ ، وَلَكِنْ لاَ أعْرِفُ التَّارِيخَ .

أَلْيَوْمَ هَوَ إِمَّا التَّاسِعُ أَوِ الْعَاشِرُ مِنْ أُكْتُوبِرَ .　（或. . 或）

فِي أَيَّةِ سَنَةٍ نَحْنُ الآنَ ؟

نَحْنُ الآنَ فِي سَنَةِ أَلْفٍ وَتِسْعِمِائَةٍ وَثَمَانٍ وَتِسْعِينَ .

أَ لَيْسَ الْيَوْمُ هُوَ عِيدُ مِيلاَدِكَ ؟

نَعَمْ ، عِيدُ مِيلاَدِي لَيْسَ الْيَوْمَ ، هُوَ الحَادِي عَشَرَ مِنْ نُوفَمْبِرَ .

فِي أَيَّةِ سَنَةٍ وُلِدْتَ ؟

وُلِدْتُ فِي سَنَةِ أَلْفٍ وَتِسْعِمِائَةٍ وَسَبْعٍ وَسَبْعِينَ .

وَأَنْتَ ، فِي أَيَّةِ سَنَةٍ وُلِدْتَ ؟

وُلِدْتُ قَبْلَكَ بِسَنَتَيْنِ ، فِي خَمْسٍ وَسَبْعِينَ .

會話

1. 撒米,對不起,你知道今天的日期嗎?

   對不起,我不太知道現在是幾月。

   現在是十月,但是我不知道日期。

   今天是十月九號或十號吧。

   哪一年?

   1998年。

   今天不是你的生日嗎?

   不是,我的生日不是今天,是11月11日。

   你哪一年出生的?

   我出生於1977年。

   你呢?你哪一年出生的?

   我比你早生兩年,75年。

٢ - أَيْنَ كُنْتِ فِي شَهْرِ سَبْتَمْبِرَ الْمَاضِي ؟ يَا سَامِيَةُ .

كُنْتُ هُنَا فِي سَبْتَمْبِرَ الْمَاضِي .

أَ لَمْ تُسَافِرِي إِلَى خَارِجِ الْبِلَادِ ؟

نَعَمْ ، لَمْ أُسَافِرْ إِلَى الْخَارِجِ ، كُنْتُ فِي الْبَيْتِ .

أَ تَتَذَكَّرِينَ أَيَّامَنَا فِي الْجَامِعَةِ ؟

نَعَمْ ، كَانَتْ أَيَّامًا جَمِيلَةً .　　（美好的，美麗的）

هَلْ تَتَذَكَّرِينَ يَوْمَ عِيدِ مِيلَادِي ؟

نَعَمْ ، هُوَ الثَّانِي مِنْ شَهْرِ آبَ ، أَ لَيْسَ كَذَلِكَ ؟

بِالضَّبْطِ ، وُلِدْتُ فِي الثَّانِي مِنْ شَهْرِ آبَ .

2. 撒米亞，九月的時候妳在哪裡？

　　九月的時候在這兒。

　　妳沒出國嗎？

　　沒有，我沒出國，我在家。

　　妳還記得我們在大學的日子嗎？

　　記得啊，真是美好的往日。

　　妳還記得我的生日嗎？

　　記得啊，八月二號，不是嗎？

　　對啦，我八月二號出生。

٣ – مَنْ ذَلِكَ الرَّجُلُ هُنَاكَ ؟

هُوَ صَدِيقِي حَسَنٌ . أَلاَ تَعْرِفُهُ ؟

بَلَى ، هُوَ طَالِبٌ يَدْرُسُ الْعَرَبِيَّةَ ، أَ لَيْسَ كَذَلِكَ ؟

بَلَى ، هَلْ تَعْرِفُ أَيْنَ وُلِدَ هُوَ ؟

نَعَمْ ، هُوَ وُلِدَ فِي مَدِينَةٍ قَرِيبَةٍ مِنْ هُنَا .

هَلْ وُلِدْتَ فِي مَدِينَةِ تَايْبَيْهِ ؟

لا ، وُلِدْتُ فِي كاوشيونغ .

فِي أَيَّةِ سَنَةٍ ؟

فِي سَنَةِ أَلْفٍ وَتِسْعِمِائَةٍ وَثَمَانٍ وَسَبْعِينَ .

أَنْتَ الآنَ فِي الْعِشْرِينَ ؟

نَعَمْ ، بِالضَّبْطِ ، أَنَا الآنَ فى الْعِشْرِين .

3. 那邊那位男士是誰？

　　他是我的朋友哈珊，你不認識他嗎？

　　對啊，他是一位學阿拉伯文的學生，不是嗎？

　　是的，你知道他在哪裡出生的嗎？

　　知道，他出生在離這不遠的一個城市。

　　你出生於台北嗎？

　　不是，我出生在高雄。

　　哪一年？

　　1978年。

　　你20歲了？

　　是的，完全正確，我20歲。

٤ -   مَاذَا تَعْرِفُ عَنْ مَدِينَةِ تَايْبِيْهَ ؟

أَعْرِفُ أَنَّهَا مَدِينَةٌ جَمِيلَةٌ ، وَفِيهَا سَيَّارَاتٌ كَثِيرَةٌ   (很多的)

هَلْ تَعْرِفُ شَيْئًا عَنْ جَامِعَتِي ؟

لا ، آسِفٌ ، لا أَعْرِفُ عَنْهَا شَيْئًا ، هَلْ هِيَ جَامِعَةٌ جَمِيلَةٌ ؟

نَعَمْ ، هِيَ جَمِيلَةٌ وَكَبِيرَةٌ .

هَلْ هِيَ بَعِيدَةٌ عَنْ بَيْتِكَ ؟

لا ، هِيَ لَيْسَتْ بَعِيدَةً عَنْ بَيْتِي .

كَمْ طَالِبًا وَطَالِبَةً فِيهَا ؟

فِيهَا ثَمَانِيَةُ آلَافِ طَالِبٍ وَطَالِبَةٍ تَقْرِيبًا .   (大約)

مَاذَا تَدْرُسُ فِيهَا ؟

أَدْرُسُ فِيهَا الْعَرَبِيَّةَ .

4. 台北市你了解多少？

我知道它是個漂亮的城市，還有車很多。

你對我的大學知道多少？

對不起，我不知道。它是一所漂亮的大學嗎？

是的，它是一所漂亮的大學。

它離你家很遠嗎？

不，它離我家很近。

有幾位男女學生？

大約有八千位男女學生。

你在那唸什麼？

我在那唸阿拉伯文。

هَلْ عِنْدَكَ صَدِيقٌ يَدْرُسُ فِي هَذِهِ الْجَامِعَةِ ؟

نَعَمْ ، عِنْدِي صَدِيقٌ يَدْرُسُ فِي هَذِهِ الْجَامِعَةِ ؟

هَلْ صَدِيقُكَ يَدْرُسُ الْعَرَبِيَّةَ مَعَكَ ؟

لا ، هُوَ يَدْرُسُ الإِنْجِلِيزِيَّةَ .

فِي أَيَّةِ سَنَةٍ يَدْرُسُ ؟

يَدْرُسُ فِي السَّنَةِ الثَّانِيَةِ .

هَلْ تَعْرِفُ عِيدَ مِيلاَدِهِ ؟

نَعَمْ ، عِيدُ مِيلاَدِهِ وَعِيدُ مِيلاَدِي فِي يَوْمٍ وَاحِدٍ .

مَا هُوَ يَوْمُ مِيلاَدِكُمَا ؟

هُوَ الثَّانِي مِنْ شَهْرِ آبَ عَامَ أَلْفٍ وَتِسْعِمِائَةٍ وَخَمْسَةٍ وَثَمَانِينَ .

你有朋友在這所大學念書嗎?

有啊,我有朋友在這所大學念書。

你的朋友跟你一塊學阿拉伯文嗎?

不,他唸英文。

他唸幾年級?

他唸二年級。

你知道他的生日嗎?

知道,他的生日跟我的生日是同一天。

你們的生日是什麼時候?

1985年8月2日。

單字解釋 المفردات

日期，歷史	تَارِيخٌ	第一	أَلأَوَّلُ
年	عَامٌ	哪一個？	أَيٌّ
他生於	وُلِدَ	我生於	وُلِدْتُ
節日	عِيدٌ	你的生日	مِيلاَدُكَ
正確的	بِالضَّبْطِ	城市	مَدِينَةٌ
近的	قَرِيبَةٌ	從，離.....（介係詞）	عَنْ
東西，事情	شَيْءٌ	但是	وَلَكِنَّ
遠的	بَعِيدَةٌ	在....期間	خِلاَلَ

單字解釋 المفردات

我記得 أَتَذَكَّرُ

我到；我旅行 أُسَافِرُ

國家 أَلْبِلَادُ

時間 أَلْوَقْتُ

外面的 خَارِجٌ

الدرس الحادي عشر   مَاذَا تُرِيدُ ؟

١ - مَاذَا تُرِيدُ ؟

٢ - أُرِيدُ فِنْجَانًا مِنَ الْقَهْوَةِ .

٣ - مَاذَا تُرِيدُ أَنْ تَأْكُلَ ؟

٤ - أَعْطِنِي خُبْزاً وَرُزًّا وَبَيْضًا مِنْ فَضْلِكَ .

٥ - أَيٌّ وَاحِدٍ تُفَضِّلُ أَكْثَرَ ؟

٦ - أُفَضِّلُ هَذَا عَلَى ذَاكَ .

٧ - أَوَدُّ أَنْ أَتَكَلَّمَ مَعَ السَّيِّدِ حَسَنٍ .

٨ - آسِفٌ ، أَلسَّيِّدُ حَسَنٌ مَشْغُولٌ أَلآنَ .

٩ - أَ تُرِيدُ أَنْ تَشْرَبَ كَاسًا مِنْ الشَّايِ ؟

١٠ - أُحِبُّ أَنْ أَشْرَبَ عَصِيراً .

١١ - هَلْ تَعْرِفُ أَحَداً مِنْ هَؤُلاَءِ الأَشْخَاصِ ؟

١٢ - نَعَمْ ، أَعْرِفُهُمْ ، وَكُلُّهُمْ أَصْدِقَائِي .

١٣ - أَيُّ وَاحِدٍ مِنْهُمْ هُوَ السَّيِّدُ عَلِيٌّ ؟

١٤ - أَلَّذِي يَجْلِسُ عَلَى يَمِينِ الشُّبَّاكِ هُوَ السَّيِّدُ عَلِيٌّ .

١٥ - أَيْنَ تُفَضِّلُ أَنْ تَجْلِسَ ؟

١٦ - أُفَضِّلُ أَنْ أَجْلِسَ أَمَامَ الشُّبَّاكِ .

第十一課 你要什麼？

1. 你要什麼？
2. 我要一杯咖啡。
3. 你要吃什麼？
4. 麻煩你給我麵包、飯和蛋。
5. 你比較喜歡哪一個？
6. 我喜歡這個勝過那個。
7. 我要跟哈珊先生說話。
8. 對不起，哈珊先生現在很忙。
9. 你要喝杯茶嗎？
10. 我要喝果汁。
11. 這些人當中你有沒有認識的？
12. 有啊，我認識他們，他們都是我的朋友。
13. 他們當中那一位是阿里先生？
14. 坐在窗戶右邊的那位就是阿里先生。
15. 你比較喜歡坐哪兒？
16. 我比較喜歡坐在窗戶前面。

تدريب للبديل

١ - ماذا تُريدُ ؟
تُريدينَ
يُريدُ الْمُعَلِّمُ
يُريدُ الْمُعَلِّمُونَ
تُريدُ الْمُعَلِّمَةُ
تُريدُ الْمُعَلِّمَاتُ

٢ - أُريدُ فِنْجَانًا مِنَ الْقَهْوَةِ .
كَاسًا مِنَ الشَّايِ
خُبْزًا وَرُزًّا وَبَيْضًا
عَصِيرًا
مَاءً (水)
حَلِيبًا (奶牛)
كُتُبًا وَأَقْلَامًا
الشَّايَ مَعَ الْحَلِيبِ

句型

1. | 你 | 要什麼?
   | 妳 |
   | 男老師 |
   | 男老師們 |
   | 女老師 |
   | 女老師們 |

2. 我要 | 一杯咖啡 | 。
   | 一杯茶 |
   | 麵包、白飯和蛋 |
   | 果汁 |
   | 水 |
   | 牛奶 |
   | 書和筆 |
   | 奶茶 |

٣ - مَاذَا تُرِيدُ أَنْ | تَأْكُلَ | ؟
تَشْرَبَ
تَدْرُسَ
تَعْرِفَ
تَرَى
تَتَكَلَّمَ
تَعْمَلَ

٤ - أَعْطِنِي | خُبْزًا وَرُزًّا وَبَيْضًا | مِنْ فَضْلِكَ .
فِنْجَانًا مِنَ الْقَهْوَةِ
كَاسًا مِنَ الشَّايِ
عَصِيرًا وَحَلِيبًا
مَاءً
كِتَابَكَ وَقَلَمَكَ

3. 你要 吃 什麼？
喝
唸
知道
看
說
做

4. 麻煩你給我 麵包、白飯和蛋 。
一杯咖啡
一杯茶
果汁和牛奶
水
你的書和筆

٥ - أَيَّ | وَاحِدٍ | تُفَضِّلُ أَكْثَرَ ؟
كِتَابٍ
قَلَمٍ

٦ - أُفَضِّلُ | هَذا عَلَى ذَاكَ .
الشَّايَ عَلَى الْقَهْوَةِ
الْقَهْوَةَ عَلَى الشَّايِ
الرُّزَّ عَلَى الْخُبْزِ
الْعَصِيرَ عَلى الْقَهْوَةِ

5. 你比較喜歡哪 { 一個 / 本書 / 枝筆 } ？

6. 我比較喜歡 { 這一個勝過那一個 / 茶勝過咖啡 / 咖啡勝過茶 / 飯勝過麵包 / 果汁勝過咖啡 } 。

٧ - | أَوَدُّ | أَنْ أَتَكَلَّمَ مَعَ | السَّيِّدِ حَسَنٍ
| أُرِيدُ | | الْمُعَلِّمِ حَسَنٍ
| أُحِبُّ | | الطَّالِبِ حَسَنٍ
| | | صَدِيقِي حَسَنٍ
| | | هَذَا الرَّجُلِ
| | | تِلْكَ الْبِنْت
| | | هَؤُلَاءِ الْأَشْخَاصِ
| | | أَصْدِقَائِي
| | | الْآنِسَة خَالِدَة
| | | السَّيِّدَة فَرِيدَة

٨ - آسِفٌ، | اَلسَّيِّدُ حَسَنٌ | مَشْغُولٌ الْآنَ .
| اَلْمُعَلِّمُ حَسَنٌ |
| صَدِيقُكَ حَسَنٌ |
| هُوَ |
| أَنَا |

第十一課

7. | 我要跟 | | 哈珊先生 | | 說話。
　　| 我要跟 | | 哈珊老師 |
　　| 我喜歡跟 | | 哈珊同學 |
　　　　　　　　| 我的朋友哈珊 |
　　　　　　　　| 這位男士 |
　　　　　　　　| 那位女孩 |
　　　　　　　　| 這些人 |
　　　　　　　　| 我的朋友們 |
　　　　　　　　| 哈立達小姐 |
　　　　　　　　| 法立達女士 |

8. 對不起，| 哈珊先生 | 現在很忙。
　　　　　　| 哈珊老師 |
　　　　　　| 你的朋友哈珊 |
　　　　　　| 他 |
　　　　　　| 我 |

٩ - آسِفٌ ، [أَلسَّيِّدَةُ خَالِدَةُ / أَلآنِسَةُ فَرِيدَةُ / أَلْمُعَلِّمَةُ سَامِيَةُ / صَدِيقَتُكَ / هِيَ / أَنَا] مَشْغُولَةٌ أَلآنَ .

١٠ - أَلَّذِي يَجْلِسُ [عَلَى يَمِينِ / عَلَى يَسَارِ （左邊） / أَمَامَ / وَرَاءَ （後面） / قُرْبَ （旁邊）] الشُّبَّاكِ هُوَ السَّيِّدُ عَلِيٌّ .

9. 對不起，

哈立達女士
法立達小姐
撒米亞老師
你的女朋友
她
我

現在很忙。

10. 坐在窗戶

右邊
左邊
前面
後面
旁邊

的就是阿里先生。

١١ - أَيْنَ تُفَضِّلُ أَنْ تَجْلِسَ ؟
تُفَضِّلِينَ أَنْ تَجْلِسِي
تُفَضِّلُونَ أَنْ تَجْلِسُوا
تُفَضِّلْنَ أَنْ تَجْلِسْنَ
يُفَضِّلُ مُعَلِّمُكَ أَنْ يَجْلِسَ
يُفَضِّلُ مُعَلِّمُوكَ أَنْ يَجْلِسُوا
تُفَضِّلُ مُعَلِّمَتُكَ أَنْ تَجْلِسَ
تُفَضِّلُ مُعَلِّمَاتُكَ أَنْ يَجْلِسْنَ

١٢ - أُفَضِّلُ أَنْ أَجْلِسَ أَمَامَ الشُّبَّاكِ .
أَشْرَبَ الْقَهْوَةَ
آكُلَ الرُّزَّ
أَبْقَى فِي الْبَيْتِ
أُسَافِرَ إِلَى تايْبَيْه
أُسَافِرَ فِي شَهْرِ إِبْرِيلَ
أَتَكَلَّمَ الْعَرَبِيَّةَ
أَدْرُسَ مَعَ صَدِيقِي حَسَنٍ

11. | 你 | 比較喜歡坐哪裡?
    | 妳 |
    | 你們 |
    | 妳們 |
    | 你的男老師 |
    | 你的男老師 |
    | 你的女老師 |
    | 你的女老師 |

12. 我比較喜歡 | 坐在窗戶前面 | 。
             | 喝咖啡 |
             | 吃飯 |
             | 待在家裡 |
             | 去台北 |
             | 四月啟程 |
             | 阿拉伯話 |
             | 跟我的朋友哈珊念書 |

ألأسئلة والأجوبة

١ - مَاذَا تُرِيدُ ؟ يَا حَسَنُ .

أُرِيدُ فِنْجانًا مِنَ الْقَهْوَةِ .

٢ - مَاذَا تُرِيدُ أَنْ تَأْكُلَ ؟ يا عَلِيُّ .

أَعْطِنِي خُبْزاً وَبَيْضًا مِنْ فَضْلِكَ .

٣ - هَلْ تُرِيدُ أَنْ تَشْرَبَ الشَّايَ ؟

أُفَضِّلُ الْقَهْوَةَ .

٤ - مَاذَا تُفَضِّلِينَ أَنْ تَأْكُلِي ؟ يَا سامِيةُ .

أُفَضِّلُ أَنْ آكُلَ رُزاً .

٥ - أَيَّ وَاحِدٍ تُحِبُّ أَكْثَرَ ؟ يا سامي .

أُحِبُّ هَذا أَكْثَرَ .

٦ - أَوَدُّ أَنْ أَتَكَلَّمَ مَعَ السَّيِّدِ عَلِيٍّ .

آسِفٌ ، هُوَ مَشْغُولٌ ألآنَ .

第十一課

問與答

1. 哈珊,你要什麼?

   我要一杯咖啡。

2. 阿里,你要吃什麼?

   麻煩你給我麵包和蛋。

3. 你要喝茶嗎?

   我比較喜歡咖啡。

4. 撒米亞,妳要吃什麼?

   我比較喜歡吃飯。

5. 撒米,你比較喜歡哪一個?

   我比較喜歡這一個。

6. 我要跟阿里先生說話。

   對不起,他現在很忙。

٧ - هَلْ تَعْرِفُ أَحَداً مِنْ هَؤُلاَءِ الأَشْخاصِ ؟

نَعَمْ ، أعْرِفُهُمْ كُلَّهُمْ .

٨ - هَلْ تَعْرِفُ هُؤُلاَءِ الطُّلاَّبَ ؟

نَعَمْ ، أعْرِفُهُمْ وكُلُّهُمْ أصْدِقَائِي .

٩ - أيُّ واحِدٍ مِنْهُمْ هُوَ الْمُعَلِّمُ حَسَنٌ ؟

وَاللّهِ لاَ أعْرِفُ بِالضَّبْطِ .

١٠ - هَلِ السَّيِّدُ عَلِيٌّ هُوَ الَّذي يَجْلِسُ قُرْبَ الشُّبَّاكِ ؟

نَعَمْ ، أَلَّذي يَجْلِسُ قُرْبَ الشُّبَّاكِ هُوَ السَّيِّدُ عَلِيٌّ .

١١ - أ تُرِيدُ كَاسًا مِنَ الشَّايِ الآنَ ؟

لاَ ، أُفَضِّلُ الآنَ فِنجَانًا مِنَ الْقَهْوَةِ .

١٢ - هَلْ مُعَلِّمُنا حَسَنٌ مَشْغُولٌ ألآنَ ؟

نَعَمْ ، هُوَ مَشْغُولٌ ألآنَ ، وكَذلِكَ الْمُعَلِّمُ فَرِيدٌ .

١٣ - هَلْ أَنْتِ مَشْغُولَةٌ فِي الْمَساءِ ؟

نَعَمْ ، أَنا مَشْغُولَةٌ فِي الْمَساءِ ، أُرِيدُ أَنْ أَدْرُسُ الْعَرَبِيَّةَ .

7. 這些人當中你有沒有認識的？

　　是的，他們我都認識。

8. 你認識這些學生嗎？

　　是的，我都認識。他們都是我的朋友。

9. 他們當中哪一位是哈珊老師？

　　我真的不知道。

10. 阿里先生是坐在窗戶旁邊嗎？

　　是的，坐在窗戶旁邊的就是阿里先生。

11. 你現在要來一杯茶嗎？

　　不，我現在比較喜歡咖啡。

12. 我們的老師哈珊現在忙嗎？

　　是的，他現在很忙，哈立德老師也一樣。

13. 今天晚上妳很忙嗎？

　　是的，今天晚上我很忙，我要唸阿拉伯文。

١٤ - أَيْنَ تُفَضِّلِينَ أَنْ تَجْلِسِي ؟

أُفَضِّلُ أَنْ أَجْلِسَ قُرْبَ الْبَابِ .

١٥ - مَنِ الَّذِي يَجْلِسُ أَمَامَكَ ؟

صَدِيقِي خَالِدٌ يَجْلِسُ أَمَامِي .

١٦ - مَنْ يُرِيدُ أَنْ يَشْرَبَ الْقَهْوَةَ ؟

لاَ أَعْرِفُ ، رُبَّمَا لاَ أَحَدَ يُرِيدُ أَنْ يَشْرَبَ الْقَهْوَةَ .

١٧ - أَعْطِينِي قَلَمَكِ يَا فَرِيدَةُ .

تَفَضَّلْ هَذَا هُوَ قَلَمِي .

14. 妳比較喜歡坐哪裡？

    我比較喜歡坐在門的旁邊。

15. 誰坐在你前面？

    我的朋友哈立德坐在我的前面。

16. 誰要喝咖啡？

    我不知道，也許沒有一個人要喝咖啡吧。

17. 法立達，把妳的筆給我。

    請，筆在這兒。

المحادثة

١ - مَاذَا تُرِيدُ ؟ يا حَسَنُ .

لاَ أعْرِفُ ، مَاذَا تُرِيدُ أَنْتَ ؟ يا سامي .

أُرِيدُ كَاسًا مِنَ الشَّاي .

أَنَا لاَ أُرِيدُ الشَّايَ ، أُفَضِّلُ فِنْجَانًا مِنْ الْقَهْوَةِ .

مَاذَا تُحِبُّ أَنْ تَأْكُلَ ؟

أُرِيدُ رُزًا وَبَيْضًا .

هَلْ تُرِيدُ كَاسًا مِنَ الْمَاءِ ؟

لاَ ، لاَ أُرِيدُ الْمَاءَ الآنَ ، أُرِيدُ فِنْجَانًا مِنْ الْقَهْوَةِ .

٢ - صَباحَ الْخَيْرِ ، يا سامية .

صَباحَ النُّورِ ، تَفَضَّلِي بِالدُّخُولِ .

شُكْراً ، هَلِ الآنِسَةُ خَالِدَةُ هُنَا ؟

آسِفَةٌ ، ألآنِسَةُ خَالِدَةُ مَشْغُولَةٌ الآنَ .

أَنَا فَرِيدَةُ ، هَذِهِ هِيَ فَاتِنُ .

أَهْلاً وَسَهْلاً بِكُمَا .

نُرِيدُ أَنْ نَتَكَلَّمَ مَعَ الآنِسَةِ خَالِدَةَ .

會話

1. 哈珊,你要什麼?

    我不知道,你呢?撒米。

    我要一杯茶。

    我不要茶,我比較喜歡咖啡。

    你要吃什麼?

    我要飯和蛋。

    你要一杯水嗎?

    不要,我現在不要水,我要一杯咖啡。

2. 撒米亞,早!

    早,請進。

    謝謝,哈立達小姐在這兒嗎?

    對不起,哈立達小姐現在很忙。

    我是法立達,這位是法婷。

    歡迎你們。

    我們要跟哈立達小姐說話。

٣ - هَلْ تَعْرِفُ أَحَدًا مِنْ هَؤُلَاءِ الْأَشْخَاصِ هُنَا ؟
نَعَمْ ، أَعْرِفُهُمْ وَكُلُّهُمْ أَصْدِقَائِي .
أَ لَيْسَ ذَلِكَ الرَّجُلُ هُوَ السَّيِّدُ حَسَنٌ ؟
بَلَى ، ذَلِكَ الرَّجُلُ هُوَ السَّيِّدُ حسن .
مَنِ الرَّجُلُ الَّذِي يَجْلِسُ عَلَى يَمِينِهِ ؟
لَا أَعْرِفُ جَيِّدًا ، رُبَّمَا هُوَ عَلِيٌّ .

٤ - أَيْنَ تُفَضِّلُ أَنْ تَجْلِسَ ؟ يا خَالِدُ .
أُفَضِّلُ أَنْ أَجْلِسَ قُرْبَ الشُّبَّاكِ .
أَنَا كَذَلِكَ أُحِبُّ أَنْ أَجْلِسَ قَرِيبًا مِنَ الشُّبَّاكِ .
مَنِ الَّذِي يَجْلِسُ عَلَى يَسَارِكَ ؟
لَا أَعْرِفُهُ ، رُبَّمَا هُوَ طَالِبٌ فِي هَذِهِ الْجَامِعَةِ .
هَلْ تَعْرِفُ الرَّجُلَ الَّذِي يَجْلِسُ عَلَى يَمِينِهِ ؟
نَعَمْ ، أَعْرِفُهُ ، هُوَ صَدِيقُهُ وَاسْمُهُ سامي .
مَاذَا نَشْرَبُ يَا خَالِدُ الْيَوْمَ ؟
أُفَضِّلُ الْقَهْوَةَ عَلَى الشَّايِ ، وَأَنْتَ ؟
أَنَا أُحِبُّ الشَّايَ أَكْثَرَ .

3. 這邊的這些人你有沒有認識的?

    有啊,我都認識,他們都是我的朋友。

    那位男士不是哈珊先生嗎?

    是啊,那位男士就是哈珊先生。

    坐在他右邊的那位男士是誰?

    我不太認識,也許是阿里吧。

4. 哈立德,你比較喜歡坐在哪裡?

    我比較喜歡坐在靠窗的地方。

    我也是,我比較喜歡坐在靠窗的地方。

    坐在你左邊的是誰?

    我不認識他,也許是這所大學的學生吧。

    你認識坐在他右邊的那位男士嗎?

    是的,我認識他,他是他的朋友,他的名字叫撒米。

    哈立德,今天我們喝什麼?

    我喜歡咖啡勝過茶,你呢?

    我比較喜歡茶。

單字解釋 المفردات

什麼	مَاذَا	你要	تُرِيدُ
一（瓷）杯	فِنْجَانٌ	咖啡	قَهْوَةٌ
你吃	تَأْكُلُ	（你）給我	أَعْطِنِي
麵包	خُبْزٌ	飯	رُزٌّ
蛋	بَيْضٌ	麻煩妳	مِنْ فَضْلِكَ
更多	أَكْثَرُ	我喜歡……勝過	أُفَضِّلُ ـ عَلَى
我要	أَوَدُّ	我説	أَتَكَلَّمُ
抱歉	آسِفٌ	忙碌的	مَشْغُولٌ
你喝	تَشْرَبُ	一（玻璃）杯	كَاسٌ
茶	شَايٌ	我愛，我喜歡	أُحِبُّ
果汁	عَصِيرٌ	人（複數）	أَشْخَاصٌ

單字解釋 المفردات

أَلَّذي	個	كُلٌّ	所有，每個
شُبَّاكٌ	窗戶	عَلَى يَمِينِ	在......右邊
أَمَامَ	在......前面	تَجْلِسُ	你坐
وَرَاءَ	在......後面	قُرْبَ	靠近
أُمٌّ	媽媽	أَبٌ	爸爸
أُخْتٌ	姊姊	أَخٌ	兄弟
سَفَرٌ	旅行	وَصَلَ	抵達

ألدرس الثاني عشر   هَلْ تَتَكَلَّمُ اللُّغَةَ الْعَرَبِيَّةَ ؟

١ - هَلْ تَتَكَلَّمُ اللُّغَةَ الْعَرَبِيَّةَ ؟

٢ - نَعَمْ ، أَتَكَلَّمُ اللُّغَةَ الْعَرَبِيَّةَ قَلِيلاً .

٣ - هَلْ يَتَكَلَّمُ صَدِيقُكَ اللُّغَةَ الإِنْجِلِيزِيَّةَ ؟

٤ - نَعَمْ ، هُوَ يَتَكَلَّمُ اللُّغَةَ الإِنْجِلِيزِيَّةَ بِطَلاَقَةٍ .

٥ - مَا هِيَ لُغَتُكَ الأُمُّ ؟

٦ - لُغَتِي الأُمُّ هِيَ اللُّغَةُ الصِّينِيَّةُ .

٧ - هَلْ يُجِيدُ صَدِيقُكَ الْعَرَبِيَّةَ ؟

٨ - نَعَمْ ، يُجِيدُ صَدِيقِي الْعَرَبِيَّةَ كِتَابَةً وَقِرَاءَةً .

٩ - كَمْ سَنَةً تَعَلَّمْتَ اللُّغَةَ الْعَرَبِيَّةَ ؟

١٠ - تَعَلَّمْتُ اللُّغَةَ الْعَرَبِيَّةَ سَنَتَيْنِ .

١١ - أَيْنَ تَعَلَّمْتَ الْعَرَبِيَّةَ ؟

١٢ - تَعَلَّمْتُ الْعَرَبِيَّةَ مِنْ الرَّادِيُو .

١٣ - هَلْ تَجِدُ صُعُوبَةً فِي تَكَلُّمِ الْعَرَبِيَّةِ ؟

١٤ - نَعَمْ ، أَحْيَانًا أَجِدُ صُعُوبَةً فِي تَكَلُّمِ الْعَرَبِيَّةِ .

第十二課　你會說阿拉伯語嗎？

1. 你會說阿拉伯語嗎？
2. 會的，我會說一點阿拉伯語。
3. 你的朋友會說英語嗎？
4. 會的，他的英語說得很流利。
5. 你的母語是什麼？
6. 我的母語是中國話。
7. 你的朋友精通阿拉伯語嗎？
8. 是的，我的朋友精通阿拉伯語讀、寫。
9. 你學了幾年的阿拉伯文？
10. 我學了兩年阿拉伯文。
11. 你在哪兒學的阿拉伯文？
12. 我聽收音機學的阿拉伯文。
13. 你覺得說阿拉伯語很難嗎？
14. 是的，有時候我覺得說阿拉伯語很難。

تدريب للبديل

١ - هَلْ تَتَكَلَّمُ اللُغَةَ ... ؟

- الْعَرَبِيَّةَ
- الصِّينِيَّةَ
- الإنْجِلِيزِيَّةَ
- الْيَابَانِيَّةَ （日語）
- الْكُورِيَّةَ （韓語）
- الأسْبَانِيَّةَ （西班牙語）

٢ - أتَكَلَّمُ اللُغَةَ الْعَرَبِيَّةَ ... .

- قَلِيلاً
- جَيِّداً
- بِطَلاَقَةٍ

句型

1. 你會說 | 阿拉伯語嗎 | ？
   | 中國話 |
   | 英語 |
   | 日語 |
   | 韓語 |
   | 西班牙語 |

2. 我會說 | 一點 | 阿拉伯話。
   | 很好的 |
   | 流利的 |

٣ – هَلْ يَتَكَلَّمُ صَدِيقُكَ الإِنْجِلِيزِيَّةَ ؟

أَخُوكَ

مُعَلِّمُكَ

السَّيِّدُ حَسَنٌ

الأَخُ حَسَنٌ

٤ – كَمْ سَنَةً تَعَلَّمْتَ الْعَرَبِيَّةَ ؟

تَعَلَّمْتُمْ

تَعَلَّمْتِ

تَعَلَّمْتُنَّ

تَعَلَّمَ

تَعَلَّمُوا

3. | 你的朋友 | 會說英語嗎？
   | 你的兄弟 |
   | 你的老師 |
   | 哈珊先生 |
   | 哈珊兄 |

4. | 你 | 學了幾年的阿拉伯文？
   | 你們 |
   | 妳 |
   | 妳們 |
   | 他 |
   | 他們 |

٥ - تَعَلَّمْتُ الْعَرَبِيَّةَ سَنَتَيْنِ

سَنَةً وَاحِدَةً

ثَلاثَ سَنَوَاتٍ

أَرْبَعَ سَنَوَاتٍ

٦ - تَعَلَّمْتُ الْعَرَبِيَّةَ مِنَ الرَّادِيُو

الْجَامِعَةِ

الْمُعَلِّمِ حَسَنٍ

مِنْ صَدِيقِي الْعَرَبِيِّ

صَدِيقَتِي الْعَرَبِيَّةِ

5. 我學了 | 兩年 | 阿拉伯文。
       | 一年 |
       | 三年 |
       | 四年 |

6. 我 | 聽廣播 | 學了阿拉伯文。
    | 在大學 |
    | 從哈珊老師 |
    | 從我的阿拉伯朋友 |
    | 從阿拉伯女朋友 |

٧ - هَلْ تَجِدُ صُعُوبَةً فِي | تَعَلُّمِ | الْعَرَبِيَّةِ ؟
| دِرَاسَةِ |
| كِتَابَةِ |
| قِرَاءَةِ |

٨ - أَحْيَانًا | أَجِدُ (أَنَا) | صُعُوبَةً فِي تَكَلُّمِ الْعَرَبِيَّةِ .
| نَجِدُ (نَحْنُ) |
| يَجِدُ (هُوَ) |
| يَجِدُونَ (هُمْ) |
| تَجِدُ (أَنْتَ ، هِيَ) |
| تَجِدُونَ (أَنْتُمْ) |
| تَجِدِينَ (أَنْتِ) |
| تَجِدْنَ (أَنْتُنَّ) |
| يَجِدْنَ (هُنَّ) |

7. 你覺得 | 說 / 學 / 寫 / 唸 | 阿拉伯文很難嗎？

8. 有時候，| 我 / 我們 / 他 / 他們 / 妳、她 / 你們 / 妳 / 妳們 / 她們 | 覺得說阿拉伯語很難。

الأسئلة والأجوبة

١ - هَلْ تَتَكَلَّمُ اللُّغَةَ الْعَرَبِيَّةَ ؟

نَعَمْ ، أَتَكَلَّمُ قَلِيلاً مِنَ اللُّغَةِ الْعَرَبِيَّةِ .

٢ - هَلْ تَتَكَلَّمِينَ الْعَرَبِيَّةَ جَيِّداً ؟

لاَ ، أَتَكَلَّمُ الْعَرَبِيَّةَ قَلِيلاً .

٣ - هَلْ صَدِيقُكَ يَتَكَلَّمُ الإِنْجِلِيزِيَّةَ ؟

نَعَمْ ، يَتَكَلَّمُ صَدِيقِي الإِنْجِلِيزِيَّةَ .

٤ - كَمْ لُغَةً تَتَكَلَّمُ ؟ وَمَا هِيَ هَذِهِ اللُّغَاتُ ؟

أَتَكَلَّمُ ثَلاَثَ لُغَاتٍ ، هِيَ الصِّينِيَّةُ وَالإِنْجِلِيزِيَّةُ وَالْعَرَبِيَّةُ .

٥ - هَلْ يَعْرِفُ صَدِيقُكَ هَذِهِ اللُّغَاتِ ؟

نَعَمْ ، هُوَ يَكْتُبُ وَيَقْرَأُ وَيَتَكَلَّمُ هذِهِ اللُّغَاتِ جَيِّداً .

問與答

1. 你會說阿拉伯語嗎？

   會呀，我會說一點阿拉伯話。

2. 妳的阿拉伯話說得很好嗎？

   那裡，我會說一點阿拉伯語而已。

3. 你的朋友英文說得很好嗎？

   是的，我的朋友英文說得很好。

4. 你會說幾種語言？哪些？

   我會說三種語文：中文、英文和阿拉伯文。

5. 你的朋友也懂這些語文嗎？

   懂呀，他寫、讀和說這些語文都很好。

٦ - مَنْ مِنْكُمْ يُجِيدُ الإنْجِلِيزِيَّةَ ؟

السَّيِّدُ حَسَنٌ يُجِيدُ اللُّغَةَ الإنْجِلِيزِيَّةَ .

٧ - هَلْ تَجِدِينَ صُعُوبَةً فِي قِرَاءَةِ الْعَرَبِيَّةِ ؟ يَا فَرِيدَةُ .

نَعَمْ ، أَجِدُ صُعُوبَةً فِي قِرَاءَةِ الْعَرَبِيَّةِ وَتَكَلُّمِهَا .

٨ - مِنْ أَيْنَ تَعَلَّمْتَ اللُّغَةَ الْعَرَبِيَّةَ ؟

تَعَلَّمْتُهَا مِنَ الْجَامِعَةِ .

٩ - كَمْ سَنَةً تَعَلَّمْتَ الْعَرَبِيَّةَ ؟

تَعَلَّمْتُهَا سَنَتَيْنِ وَثَلاثَةَ أَشْهُرٍ .

١٠ - هَلْ يُمْكِنُنِي أَنْ أَتَعَلَّمَ الْعَرَبِيَّةَ فِي تَايْوَانَ ؟ （我能）

نَعَمْ ، يُمْكِنُكَ أَنْ تَتَعَلَّمَ الْعَرَبِيَّةَ فِي تَايْوَانَ مِنَ الرَّادِيُو .

١١ - كَمْ سَاعَةً تَتَعَلَّمُ الْعَرَبِيَّةَ فِي الْجَامِعَةِ بِالأُسْبُوعِ ؟

أَتَعَلَّمُ الْعَرَبِيَّةَ سِتَّ سَاعَاتٍ بِالأُسْبُوعِ .

6. 你們當中誰精通英文？

哈珊先生精通英文。

7. 法立達，妳唸阿拉伯文有發現困難嗎？

有啊，我唸和說阿拉伯文都覺得滿難。

8. 你在哪裡學的阿拉伯文？

我在大學學的。

9. 你學了幾年的阿拉伯文？

我學了兩年三個月。

10. 我在台灣能學阿拉伯文嗎？

可以啊，在台灣你可以聽廣播學阿拉伯文。

11. 你在大學一個禮拜學幾小時的阿拉伯文？

我一個禮拜學六小時的阿拉伯文。

١٢ - هَلْ هُنَاكَ مُعَلِّمُونَ عَرَبٌ يُعَلِّمُونَكُمُ الْعَرَبِيَّةَ ؟ （教你們）

نَعَمْ ، عِنْدَنَا ثَلاَثَةُ مُعَلِّمِينَ عَرَبٍ يُعَلِّمُونَنَا الْعَرَبِيَّةَ .

١٣ - بِأَيَّةِ لُغَةٍ يُعَلِّمُكُمُ الْمُعَلِّمُونَ الْعَرَبُ ؟

يُعَلِّمُونَنَا بِاللُّغَةِ الْعَرَبِيَّةِ طَبْعًا . （當然）

١٤ - هَلْ يَعْرِفُ الْمُعَلِّمُونَ الْعَرَبُ اللُّغَةَ الصِّينِيَّةَ ؟

نَعَمْ ، يَعْرِفُونَ قَلِيلاً مِنَ الصِّينِيَّةِ وَلَكِنَّهُمْ يُجِيدُونَ الإِنْجِلِيزِيَّةَ .

١٥ - كَمْ سَنَةً سَتَدْرُسُ الْعَرَبِيَّةَ فِي الْجَامِعَةِ ؟

سَأَدْرُسُ الْعَرَبِيَّةَ فِي الْجَامِعَةِ أَرْبَعَ سَنَوَاتٍ .

١٦ - هَلْ تَتَكَلَّمُونَ الْعَرَبِيَّةَ بِطَلاَقَةٍ بَعْدَ أَرْبَعِ سَنَوَاتٍ مِنْ الدِّرَاسَةِ ؟

لاَ ، لا نَتَكَلَّمُهَا بِطَلاَقَةٍ ، لأَنَّنَا نَجِدُ صُعُوبَةً فِي تَكَلُّمِهَا أَحْيَانًا .

12. 有沒有阿拉伯老師教你們阿拉伯文？

有啊，我們有三位阿拉伯老師教我們阿拉伯文。

13. 阿拉伯老師用什麼語文教你們阿拉伯文？

他們當然用阿拉伯文教我們。

14. 阿拉伯老師都懂中文嗎？

是的，他們懂一點中文，但是他們精通英文。

15. 你將在大學學幾年的阿拉伯文？

我將在大學學四年的阿拉伯文。

16. 學四年後，你們能說一口流利的阿拉伯文嗎？

不能，我們沒辦法說得很流利，因為有時候我們發現說滿難的。

المحادثة

١ - هَلْ تتَكَلَّمُ اللُغَةَ الْفرَنْسِيَّةَ ؟ يا خَالِدُ .

نَعَمْ ، أَتكَلَّمُ قَلِيلاً مِنَ الْفرَنْسِيَّةِ .

هَلْ يَتكَلَّمُ صَدِيقُكَ الْفرَنْسِيَّةَ أَيْضًا ؟

نَعَمْ ، هُوَ يَتكَلَّمُ قَلِيلاً أَيْضًا .

هَلْ تَجِدُ صُعُوبَةً فِي تَكَلُّمِ هَذِهِ اللُغَةِ ؟

نَعَمْ ، أَحْيانًا أَجِدُ صُعُوبَةً .

هَلْ تَكْتُبُ الْفرَنْسِيَّةَ جَيِّداً ؟

نَعَمْ ، أَكْتُبُ الْفرَنْسِيَّةَ جَيِّداً .

會話

1. 哈立德,你會說法文嗎?

   會啊,我會說一點法文。

   你的朋友也會說法文嗎?

   會啊,他也會說一點法文。

   你覺得說這種語文會很難嗎?

   是的,有時我覺得滿難的。

   你法文寫得很好嗎?

   是的,我法文寫得很好。

٢ -   مَا هِيَ لُغَتُكِ الأُمُّ ؟ يَا خَالِدَةُ .

لُغَتِي الأُمُّ هِيَ الصِّينِيَّةُ .

هَلْ تَتَكَلَّمِينَ الإِنْجِلِيزِيَّةَ ؟

نَعَمْ ، أَتَكَلَّمُ الإِنْجِلِيزِيَّةَ لاَ بَأْسَ بِهَا .   （不錯）

أَيْنَ تَعَلَّمْتِ الإِنْجِلِيزِيَّةَ ؟

تَعَلَّمْتُهَا مِنَ الْمَدْرَسَةِ وَمِنَ الرَّادِيُو .

كَمْ سَنَةً تَعَلَّمْتِ الإِنْجِلِيزِيَّةَ ؟

تَعَلَّمْتُهَا حَوَالَيْ سَبْعِ سَنَوَاتٍ .

2. 哈立達，妳的母語是什麼？

我的母語是中文。

妳會說英語嗎？

會的，我的英語說得不錯。

妳在哪裡學的英文？

我在學校與廣播中學的。

妳學了幾年的英文？

我大約學了七年。

٣ - مَا رَأْيُكَ أَنْ نَشْرَبَ فِنْجَانًا مِنَ الْقَهْوَةِ ؟ يا سامي .

طَيِّبٌ ، أُحِبُّ الْقَهْوَةَ أَيْضًا .

أَنْتَ تَجْلِسُ هُنَا وَأَنَا أَجْلِسُ هُنَاكَ .

أُرِيدُ فِنْجَانًا مِنَ الْقَهْوَةِ وَأَنْتَ ؟

وَأَنَا أَيْضًا .

مَنْ ذَلِكَ الرَّجُلُ هُنَاكَ ؟ هَلْ تَعْرِفُهُ ؟

نَعَمْ ، أَعْرِفُهُ ، هُوَ خَالِدٌ .

هَلْ يَعْرِفُ الْعَرَبِيَّةَ ؟

نَعَمْ ، يَعْرِفُ الْعَرَبِيَّةَ ، وَهُوَ يَتَعَلَّمُ الْعَرَبِيَّةَ مَعِي .

3. 撒米，我們喝杯咖啡怎麼樣？

好啊，我也喜歡咖啡。

你坐這邊，我坐那裡。

我要一杯咖啡，你呢？

我也一樣。

那邊那位男士是誰？你認識他嗎？

我認識他，他是哈立德。

他懂阿拉伯文嗎？

是的，他懂阿拉伯文，他跟我一塊學阿拉伯文的。

٤ - مَنْ أُولَائِكَ الأَشْخَاصُ هُنَاكَ ؟

كُلُّهُمْ طُلَّابٌ فِي هَذِهِ الْجَامِعَةِ .

مَاذَا يَدْرُسُونَ فِي الْجَامِعَةِ ؟

يَدْرُسُونَ اللُّغَاتِ الأَجْنَبِيَّةَ .

مَا هِيَ اللُّغَاتُ الأَجْنَبِيَّةُ الَّتِي يَدْرُسُونَهَا ؟

يَدْرُسُونَ لُغَاتٍ كَثِيرَةً ، اللُّغَةَ الْعَرَبِيَّةَ وَاللُّغَةَ الإِنْجِلِيزِيَّةَ وَاللُّغَةَ الْفَرَنْسِيَّةَ وَاللُّغَةَ الأَسْبَانِيَّةَ وَاللُّغَةَ الْكُورِيَّةَ وَاللُّغَةَ الْيَابَانِيَّةَ وَاللُّغَةَ التُّرْكِيَّةَ وَاللُّغَةَ الرُّوسِيَّةَ .

4. 那邊那些人是誰？

　　他們都是這所大學的學生。

　　他們在大學唸什麼？

　　他們學外語？

　　他們學那些外語？

　　他們學好多語文：阿拉伯文、英文、法文、西班牙文、韓文、日文、土耳其文、俄文。

單字解釋 المفردات

說；講	تَكَلَّمَ	學	تَعَلَّمَ
外國的	أَجْنَبِيَّةٌ	你發現	تَجِدُ
流利地	بِطَلاَقَةٍ	有時候	أَحْيَانًا
精通	يُجِيدُ	韓語	أَلْكُورِيَّةُ
讀	قِرَاءَةٌ	我可能	يُمْكِنُنِي
收音機	رَادِيُو	當然	طَبْعًا
困難	صُعُوبَةٌ		
日語	أَلْيَابَانِيَّةُ		
西班牙語	الإِسْبَانِيَّةُ		
教	يُعَلِّمُ		
不錯	لاَ بَأْسَ بِهَا		
語文（複數）	لُغَاتٌ		
一點點的	قَلِيلٌ		
母語	اللُغَةُ الأُمُّ		
寫	كِتَابَةٌ		

筆記頁：

國家圖書館出版品預行編目資料

空中阿拉伯語第二冊 / 利傳田著.
初版. -- 臺北縣永和市：Airiti Press, 2010.1
面；　公分

ISBN 978-986-6286-02-5 (第2冊：平裝)
1. 阿拉伯語　2. 讀本

807.88　　98004258

空中阿拉伯語　第二冊

作者／利傳田
總編輯／張芸
責任編輯／呂環延
封面設計／林欣陵
校對／吳玉慈

出 版 者／Airiti Press Inc.
臺北縣永和市成功路一段80號18樓
電話：(02)2926-6006　傳真：(02)2231-7711
服務信箱：press@airiti.com
帳戶：華藝數位股份有限公司
銀行：國泰世華銀行　中和分行
帳號：045039022102
法律顧問／立暘法律事務所 歐宇倫律師
ＩＳＢＮ／978-986-6286-02-5
出版日期／2010 年 1 月初版
定　　價／新台幣 NT$ 458 元
（若需館際合作使用，請聯絡華藝：2926-6006）

版權所有・翻印必究　Printed in Taiwan

國立教育廣播電台提供有聲資料下載：http://realner.ner.gov.